新訳　ジキル博士とハイド氏

スティーヴンソン
田内志文＝訳

角川文庫
20217

The Strange Case of Dr. Jekyll and Mr. Hyde
1886
Robert Louis Stevenson

目次

ある扉の話

弁護士のアタスンは、決して笑みに照らされることのない険しい顔つきの持ち主であった。物言いは冷淡かつ言葉すくなであるうえ愛想も悪く、感情を顔に覗《のぞ》かせることもない。体つきはひょろ長く痩《や》せ細り、どんよりと物憂げな様子だが、それでいてどこか人を惹《ひ》きつけるようなところがあった。気の置けない者同士の集まりでワインが口に合ったりすれば、その両目から鮮烈な人間味めいたものが顔を覗かせたりするのである。彼の話しぶりにこれが表れるようなことはまず無いが、かといって会食後にふと見せる表情の中に限った話でもなく、これは日々の行動の端々により頻繁に、より色濃く表れるのだった。彼は禁欲的な男である。上物のワインを好んではいても独りのときにはジンをたしなみ、芝居好きだというのに、この二十年間はただの一度たりとも劇場の扉をくぐっていないのだ。だが人に対する彼の寛大さは、誰もが知るところであった。人びとを罪過に走らせた猛烈な血気に羨望《せんぼう》すら抱かんばかりに感嘆し、いかなる窮地に人が追い込まれようと、咎《とが》めるよりもむしろ手を差し伸べようとするのである。よく独特の表情を顔に浮かべて「カインよろしく私は異端の徒でね。兄弟《はらから》がそうしたいと言うならば、悪魔のもとにだろうと好きに行かせておくとも」などと言っていたものだ。そのような人となりをしていたものだから、罪を犯した輩《やから》にとっては人生最後の信頼できる付添人や、最後の良き手本となるような巡り合わせも度々であった。事務所でそうした輩の来訪を受けたとしても、彼はちらりとも顔色を変えることなくこれを迎えたのである。

こんな離れ業も、彼にしてみればごく当たり前のことだったに違いない。というのは、控え目に言っても彼は感情を表に出すような人物ではなかったし、その交友関係すらも、これと似た持ち前の寛容さを礎にしているようなところがあったからである。内気な人間というものは往々にして、偶然の手が用意してくれた者たちを友とし、それでよしとしてゆくものだが、この弁護士の処世術はまさしくそれだった。友人といえば同じ一族か旧知の間柄の者のみ。彼の抱く親愛の情とは相手が友とするに相応《ふさわ》しいかどうかとは関係がなく、時の深まりとともに蔦《つた》のように成長するものだったのだ。それゆえ、彼が己の遠縁であり街では名の知れた人物であるリチャード・エンフィールド氏と友好を結んだというのも、道理というものなのであった。このふたりが果たして互いの中に何を見出《みいだ》し、どんな部分で相通じたのかは、多くの人びとにとって関心の的であった。日曜に散歩するふたりを見かけた者たちによれば、ふたりとも黙りこくったまま見るからに退屈そうな様子で、誰か友人の姿でも見かけようものならあからさまにほっとした顔で声をかけるのだということらしい。だというのにふたりはこうしたそぞろ歩きを何よりも大事に思い、毎週たいへん心待ちにしては、何者にも邪魔されずふたりきりで楽しむために、他の遊びを脇に追いやるばかりか仕事の用事さえ断ってしまうのだった。

そんな散歩に興じていたある日のこと、ロンドンのとある繁華街で、ふたりは一本の裏通りを通りかかった。手狭でひっそりとしてはいるものの、それでいて平日には商売で賑《にぎ》わう往来である。建ち並ぶ店はどこもみな繁盛しているようだったが、誰もが余分な売上を投じてよそに負けじと軒先を飾り立てているものだから、沿道に連なり客を呼び込むその店々は、さながら笑みを浮かべてずらり立ち並ぶ売り子の女たちのようなのであった。日曜とあって普段の活気もなく人通りもまばらであったものの、近隣の煤《すす》けた街並みの中、この裏通りはまるで森に立つ炎のように際《きわ》だっていた。近ごろ新たに塗り換えられた鎧戸《よろいど》も、ぴかぴかに磨き上げられた真鍮《しんちゅう》の金具類も、いつもながらの清潔さと漂う陽気さも、通りかかった者の目をぱっと惹きつけ、見とれさせずにはおかないのである。

この通りを東へと進んでゆくと、ある角から左手に二軒を数えたところで家並みが途切れて一軒のアパートへと続く路地が口を開けているのだが、ちょうどそこに不気味な建物が立っており、その破風を道筋に突き出している。二階建てで窓はなく、通りからは地階に取り付けられた正面扉と、二階の色褪《いろあ》せた壁面とが見えるばかり。どこを眺め回しても、長きにわたり何の手入れもされずに打ち捨てられてきたのがありありと見て取れるのである。正面扉には呼び鈴もノッカーも見当たらず、表面は荒れ果て、色褪せてしまっている。浮浪者たちは通りから奥まったその扉まで入り込んでは羽目板でマッチを擦り、子供たちは階段で物売り遊びをし、学童は飾り金具でナイフの試し斬りをする。もう数十年もの間、そうした闖入者《ちんにゅう》があったところで誰も追い払いに出て来たり、壊されたところを修繕したりしないまま来たのだった。

エンフィールドと弁護士はこの脇道の向かい側を歩いていたのだが、ちょうど建物の前に差し掛かったところでエンフィールドが手にした杖《つえ》を上げ、これを指し示したのだった。

「あの扉を気に留めたことはあるかい?」彼はそう訊《たず》ねると、相手がうなずくのを待ってから「あれがどうも僕は気になるんだよ、実に奇怪な話があってね」と言葉を続けた。

「そうなのかい？」アタスンは、やや声風を変えて言った。「どんな話だね？」

「じゃあお聞かせするとしよう」エンフィールドは答えた。「ある真っ暗い冬の朝、三時ごろのことだった。僕は、まさに地の果てかと思うような遠くまで出かけた帰り道でね。どこを見回しても文字通り、街灯の他には何も見えない街なかを歩いているところだった。街路をいくつ過ぎてみても、誰も彼もすっかり寝静まっていてね。どの通りもまるでこれから行列でも来るみたいに煌々《こうこう》と照らされているというのに、どこもかしこもまるで教会のように人っこひとりいやしないんだ。物音が立つたびにびくびく怯《おび》えて、警官でも現れはしないものかと念じたりすることが人にはあるものだけれど、その時の僕の心持ちが、まさにそれさ。そこにふと、ふたつの人影が現れた。片方は小男で、足音も荒く東に向けてぐいぐいと歩いてゆくところだった。もう片方はたぶん八歳か十歳そこらの女の子で、全速力で交差点の向こうから駆けて来るところだった。当然ふたりは曲がり角で出会い頭にぶつかってしまった。さて、この話のぞっとするところはここからさ。男のほうが顔色ひとつ変えずに少女を踏みつぶし、地面で泣き喚《わめ》く少女をほったらかしにして立ち去って行こうとしたんだよ。聞いただけでは何でもないことのように聞こえるかもしれないが、目の当たりにしてごらん、ぞっとするから。まるで人間ではなく、忌まわしき破壊神《ジャガーノート》のようだった。僕は大声で怒鳴って駆け出すと男の胸ぐらを摑《つか》んで引きずり戻したのだけど、その頃には、泣き叫ぶ少女の周りにはもう人が集まり始めていた。男はちらりとも表情を変えず、抵抗するような様子も見せなかった。だが僕の顔に一瞥《いちべつ》をくれた途端、あまりのおぞましさに、まるで走り回った後みたいに体じゅうから汗が噴き出してきた。表に出て来ていたのは少女の家族の方々だと分かったんだが、すぐに医者がやって来た。少女は、この医者を呼んで来るよう使いに出された帰り道だったんだ。医者が言うには、少女の怪我は大したことはないが、怯えきっているのだということだった。さて、これにて一件落着と君は思うかもしれない。だが、ひとつ妙なことがあるんだよ。僕はひと目見ただけでこの男に憎悪を滾《たぎ》らせていた。少女のご家族も同じことだったが、これは無理からぬ話というものだ。しかし、この医者の顔色が変わったのを見て、すっかり驚かされたんだよ。彼はどこにでもいる平凡な医者で、歳も人柄もこれといって特徴のない上に強烈なエジンバラ訛《なま》りを持つ、バグパイプと同じくらいつまらない男だった。その彼が、まるで残りの僕たちよろしく、捕らえてきた男の顔を見る度にむかむかとして、殺意のあまり顔面蒼白《そうはく》になるほどの有様なんだよ。僕には彼の気持ちがよく分かったとも、彼が僕の胸中をよく分かったようにね。しかし何しろ殺すだなどとはとんでもないことだから、僕たちは、その次の手を打つことに決めた。男に向かい、貴様の不埒《ふらち》を世間に広めてその悪名をロンドンの隅から隅まで広めてやるぞと言ってやったのさ。友人も評判も根こそぎ奪ってやるからそのつもりでいろ、とね。婦人たちもまるでハルピュイア《鬼女》のごとく怒りに我を忘れていたものだから、僕たちは顔をまっ赤にして男に怒鳴りつけながらも、できるだけ彼女たちを遠ざけるようにしていた。あんなに強烈な憎悪を滲《にじ》ませた人の輪など、見たこともない。というのにそのまん中に囲まれた男ときたら、まるで禍々《まがまが》しい凍るような薄笑いを浮かべているんだよ。恐れているのも見ては取れたが、まるで悪魔《サタン》のようにどこ吹く風なのだ。『この一件で私をどうこうしようというのなら、私にはどうしようもない。だが、紳士たるものそんな憂き目に遭いたいとは誰も思うまいよ。さあ、幾ら欲しいのかね』男が口を開いた。僕たちは、少女のご家族に支払えと百ポンドを吹っかけてやった。男はいかにも不満げな顔をしてみせたが、どうやらこちらが皆本気なのだと見て取ったか、最後にはしぶしぶ折れることにした。そうなると、今度は金を取りに行く番だが、はてさて、男が我々をどこに連れて行ったと思う？　それが他でもない、あそこに見える扉だったんだよ。奴はひょいと鍵《かぎ》を取り出すと中に入り、間もなく金貨で十ポンドと、残りをクーツ銀行の小切手で持って来た。持参人払式の小切手で、署名まで入れてあった。この名前というのが大事なところなのだが、僕が口にするわけにはいかない。とりあえず、実によく知られ、紙面にも度々踊るような名前さ。金額も大きかったが、もしあの署名が本物だとしたら、遥《はる》かに多額の小切手だろうと問題なかろう。僕は失礼承知で、まったく徹頭徹尾なんとも胡散臭《うさんくさ》い話だと男に言ってやった。だいたい朝の四時に穴倉のようなところに入り込み、赤の他人の小切手で百ポンド近くも持って来るなど、そんな話があってたまるかとね。だがそいつときたらまるで動じず、こちらをせせら笑って『まあ落ち着きたまえよ。銀行が開くのを一緒に待って、この手で現金に換えて来てやるから』などと言うじゃないか。そこで僕と医者、少女の父親と男はみんなで連れ立って僕の部屋に行き、そこで夜が明けるのを待った。そして夜が明けるのを待って、食事を終えるとぞろぞろ銀行へと向かったというわけさ。僕は自分で小切手を窓口に差し出すと、どこをどう見ても偽物に違いないと係に伝えた。ところがどうだい。こいつが正真正銘の本物だったんだよ」

「なんとまあ」アタスンが言った。

「分かるぞ、君のその気持ちは」エンフィールドは答えた。「何とも信じ難い話なんだよ。誰も関わりたがらない、心の底から見下げ果てた男だったはずが、小切手を振り出したその御仁たるや、紛《まご》うかたなき紳士で、そのうえ噂に高い名士ときた。さらにひどいのは、誰もが敬うような善行を生業《なりわい》とする人物だったのだからね。ゆすりではないかと思ったよ。こいつはきっと正直者が何か若気の至りでも犯して、大金をむしられているのに違いないぞとね。そこで僕は、あの扉の建物を『ゆすりの館』と呼ぶことに決めたわけさ。まあ、それで何もかもすっきりしたということではないがね」彼はそう言うと、じっと物思いに耽《ふけ》るかのように押し黙った。

「小切手を振り出した人物があそこの住人かどうかは分からないんだね？」だしぬけにアタスンに質問され、彼ははたと顔を上げた。

「と思うだろう？」エンフィールドが答えた。「それが僕は偶然、彼の住所を知っていたんだよ。他の街区に住んでおいでさ」

「そして、あの扉の家のことは訊《き》いてみたことがないんだね？」アタスンは言った。

「ああ、僕は慎み深い男だからね」エンフィールドがうなずいた。「あれこれ詮索《せんさく》するのはどうしても好きになれんのさ。まるで最後の審判のまねごとでもしているみたいだからね。詮索をひとつはじめるというのは、石ころをひとつ転がすようなものさ。静かに山の上に座って石ころを転がすと、そいつが転がっていくのにつられて他の石も転がり出す。そして、(こちらにしてみれば顔も名前も知らんような)どこかの人のよいご老人が自宅の裏庭で石に頭を打たれて死に、家族は名前を変えて生きていくはめになってしまう。そんなことがあってはならんから、僕はこいつを戒めにしているんだよ。怪しげに見えるものほど詮索することなかれ、ってね」

「そいつはいい戒めだね」弁護士が言った。

「だが、あの家のことは自分で調べてみたんだよ」エンフィールドは言葉を続けた。「こいつは家と呼んでいいのか分からんような代物でね。他には扉もないし、ごくごくたまにあの問題の御仁が出入りする以外、他にはまったく人の気配がしないんだよ。窓は路地に向けて二階に三つあるだけ、一階には無し。どの窓もいつも閉まっているが、綺麗《きれい》に磨かれている。だが、煙突から煙が立ちのぼっているのを見ると、誰か人が住んでいるのは間違いないと思うんだ。まあこの路地には家がごちゃごちゃくっついて立っていて、どこからどこまでが一軒なのかも分からないようなざまだから、それも断言はできんのだけどね」

それからふたりはしばらく無言のままに歩いていったが、やがてアタスンが口を開いた。「エンフィールド、君の戒めは本当にいいね」

「ああ、我ながらそう思うよ」エンフィールドが答えた。

「だが、それでも私はひとつ知りたいことがある」弁護士が言った。「子供を踏んづけていった男の名前が気になるんだ」

「なるほど」エンフィールドがうなずいた。「まあ言ったところで差し障りもないだろう。ハイドという名の人物だよ」

「ふむ、どんな風体をした男だね？」アタスンが言った。

「そいつをひと口で説明するのは難しいな。見たところどうも妙なところのある男でね、どこか不愉快で、嫌悪感を掻《か》き立てるようなところがあるのさ。あんなに胸くその悪い男は他に知らないのだが、僕にはいったい何がそう感じさせるのか分からんのだ。きっとあれはどこかが奇形なのに違いない。どこがそうなのかは見えないが、僕はとにかくそう強く感じるんだよ。僕にはどうにも言葉にできないが、あの風貌《ふうぼう》は一種異様だよ。とてもとても、言葉なんぞで表すことのできるようなものじゃない。忘れてしまったわけではないよ、今この瞬間にだって、まざまざとあの風体を思い出すことができるとも」

アタスンは、見るからに深く考え込む様子でしばらく黙ったまま歩き続けると、やがて口を開いた。「その男が鍵を使ったのは確かなんだね？」

「どうしてそんなことを……」エンフィールドは、思いもしなかった言葉に驚き言いかけた。

「ああ、分かっているとも」アタスンが言った。「おかしなことを訊くと思っていることだろう。実は、私が相手方の名前を訊こうとしないのは、すでに知っていたからなんだよ。それにしても衝撃的な話だよ、リチャード。もし君の話にどこか不正確な部分があるのなら、訂正してほしい」

「知っているなら先にそう言ってほしかったな」エンフィールドは、いささかむっとした様子を声に滲ませた。「だが、君の言いかたを借りるとすれば、僕の話はきっちり正確だよ。その男は鍵を持っていたし、さらに言えば、今でも持っているんだ。つい数日前にも、僕はあいつが鍵を使うのをこの目で見たんだからね」

アタスンが何も言わずに深いため息をつくと、若者はさらに言葉を続けた。「これも、余計なことは口にするなという戒めというものだね。まったく、この口の軽さが恥ずかしいよ。もう金輪際、この話はしないことにしようじゃないか」

「よし、約束しよう」アタスンがうなずいた。「ではリチャード、誓いの握手だ」

ハイド氏捜索

その夜、アタスンは暗く沈んだ気持ちでひとり暮らしの部屋に戻ると、気分が乗らないまま夕食の席についた。日曜には夕食を済ませると暖炉のそばに腰かけて書見台に置いた味気ない神学書を開き、近所の教会の鐘が午前零時を告げるのを聞いて、慎《つつ》ましさと感謝の気持ちを胸にベッドに入るのが、彼の習慣だった。しかしこの夜は、テーブルクロスが片づけられると彼はすぐに蠟燭《ろうそく》を手にして仕事部屋に入った。そして金庫を開けるといちばん奥から「ジキル博士遺言状」と書かれた封筒を引っ張り出して腰かけ、眉《まゆ》を曇らせながら中身に読みふけったのだった。遺言状は、博士の自筆で作られていた。アタスンは作成された遺言状の管理こそこうして請け負ったものの、作成そのものへの助力は一切拒んだからである。そこには、医学博士、比較法学博士、法学博士、王立学会特別研究員等々であるヘンリー・ジキルが死亡した際にはすべての財産が「友人であり恩人であるエドワード・ハイド」

に譲渡されること、そのうえ「三ヶ月を超過する失踪《しっそう》および原因不明の不在」の場合にも、前記エドワード・ハイドには博士宅の使用人に対して少額を支払う以外にはいかなる負担も義務もなく、ただちに前記ヘンリー・ジキルの遺産を相続できる旨が記されていた。この遺言状はアタスンにとって、長らく目の上のこぶであった。弁護士としても、新奇なものを無分別として考える人の世の良識と慣習の信奉者としても、まったく気に入らなかったのである。これまでは、ハイド氏なる人物の正体が分からないことが彼の嫌悪感を膨張させてきたのだが、不意にそれが分かってしまった。誰のものとも知れぬただの名前に過ぎなかったときでさえ胸くそが悪いことこのうえなかったというのに、その名に不愉快な意味がいざ加わると、気分はさらに悪かった。まるで長きにわたり目の前に漂っていたつかみ所のない霧の中から、とつぜん悪鬼が出現したかのような気持ちなのである。

「狂気の沙汰《さた》とばかり思っていたが」彼は、忌まわしい書類を金庫に戻しながら言った。「こいつはとんだ面汚しなのかもしれんぞ」

そう言うと彼は蠟燭《ろうそく》を吹き消し分厚い外套《がいとう》に身をくるみ、医学の砦《とりで》と呼ばれるカヴェンディッシュ・スクエアの方へと出かけていった。彼の友人であり名医と名高いラニヨン博士がそこに居を構え、次から次へと訪れる患者たちを診ている。「何か知っているとすれば、ラニヨンしかいるまい」と、アタスンは考えたのである。

厳《いか》めしい執事は顔なじみの彼を快く迎えると、玄関からラニョン博士がワインを楽しんでいる食堂まですんなりと案内してくれた。ラニョン博士は誠実かつ健康、快活で赤ら顔をした紳士で、歳にそぐわぬ白髪と、きびきびとして竹を割ったような物腰の持ち主であった。博士はアタスンがやって来たのに気付くと飛び上がるようにして椅子を立ち、両手を広げて歓迎してみせた。こうして芝居がかったようにも思える愛想の良さはいつものことだが、これはまったくの真心からのことであった。というのは、小学校から大学まで机を並べた旧知の友であるふたりは自尊心を抱くとともに相手のことも敬い、同級生だからといって常にそういうものとも限らないが、互いと時を過ごすことを心から楽しみにしていたからである。

しばらく四方山《よもやま》話に興じた後にアタスンは、不快なほどに心にまとわりつく例の話を切り出した。

「なあラニョン、私と君はヘンリー・ジキルとは最も旧知の友人だと思うのだが、どうだろう？」

「旧知というと年寄りくさくてたまらんな」ラニョン博士が笑った。「だが、異存はないよ。それがどうかしたのかね？　彼とはこのごろすっかりご無沙汰なんだが」

「そうなのかい？」アタスンが言った。「医者同士、仲良くやっているものだとばかり思っていたよ」

「以前はそうだったとも」ラニョン博士が答えた。「だが、ヘンリー・ジキルのあまりの異様さに私がついて行けなくなって、かれこれ十年以上にもなるんだよ。あいつはおかしくなってしまった、頭がおかしくなってしまったんだ。無論、いわゆる昔なじみだからずっと気になってはいるんだが、今じゃもう数えるほども顔を見ていなくてね。ああも非科学的な戯《ざ》れごとを言われたんじゃあ」医師はそう言うと、さっと顔を紅潮させた。「ダモンとピュティオスのような親友同士だろうと縁を切らずにはいられないだろうよ」

彼が頭に血を上らせた様子にアタスンは心なしか安堵《あんど》すると、「何か学問上で意見の食い違いがあっただけなのか」と胸の中で言った。そして、科学への情熱などまったく持たぬアタスンは（不動産譲渡手続きに関わることなら別だが）、「たったそれだけのことか！」と付け加えた。それから友人が落ち着くのをしばらく待ってから、用意してきた質問を口にしたのである。「君は、あいつが世話をしている男に会ったことがないかね？　ハイドという人物なのだが」

「ハイド？」ラニョンは首をひねった。「いや、付き合いがあった当時にも聞いたことがない名前だな」

アタスンは結局それしか情報を得ることができずに自宅に引き返すと、大きな暗いベッドの上であちこちに寝返りを打っているうちに、すっかり夜が明けて朝が訪れたのだった。苦しみに満ちた心も安まらず、まっ暗闇といくつもの疑問にもがき続けた夜であった。

住居からほど近い教会の鐘の音が朝六時を告げても、アタスンはまだ問題に苛《さいな》まれていた。それまではあくまで理性的にしか向き合っていなかったはず。それが今や想像力まで掻《か》き立てられ——というより想像力の虜《とりこ》となり——カーテンに閉ざされた室内で深い夜闇に包まれ延々と寝返りを打ち続けていると、エンフィールドの語った物語がまるで光を当てられた絵巻のように、彼の胸中を通り過ぎてゆくのだった。見渡すかぎりの街灯が立ち並ぶ夜の街。そこを足早に歩いている男の姿。医院から駆け戻ってくる子供の姿。そしてふたりが出会い頭にぶつかり、人の姿をとった破壊神《ジャガーノート》が子供を踏みつけると、少女の悲鳴になど目もくれずに歩き去ってゆく。また、豪奢《ごうしゃ》な屋敷の中の一室も見えた。彼の友人がそこで眠っており、夢を見てうっとりと微笑んでいるのだ。だがとつぜん部屋のドアが開き、ベッドのカーテンが勢いよく引き開けられると、友人が眠りから呼び起こされた。そしてなんと！　ベッドの脇には力を与えられた人影が立っており、そんな夜更けだというのに、友人はベッドを出てその人物の命令に従わなくてはいけないのである。このふたつの光景に登場したふたつの人影は、夜どおしアタスンに付きまとい続けた。彼がうとうとまどろもうものなら人影は寝静まった家々の合間を音も立てずに通りぬけ、街を照らし出す広漠とした街灯の迷宮を素速く、霞《かす》んで見えるほどに素速く動き回り、角という角で少女にぶつかっては、泣き叫ぶ彼女を置き去りにしてゆくのである。だというのにその人影には、見て取ることのできる顔がないのだった。夢の中ですら顔がなく、見えたと思っても彼をただまごつかせては、目の前で溶け消えてしまうばかりなのである。そのせいで彼の胸の中には、本物のハイドの姿を見て確かめたいという実に強烈な、異様ともいえるほどの好奇心が湧き起こり、みるみる膨れあがっていったのだった。世の怪奇とは往々にしてそうしたものだが、ハイド氏にまつわる謎もまた、ひと目その顔をはっきりと見たならばたちまち霧消してしまうのではないだろうか。そんな男にかかずらう友人ジキル氏の嗜好《しこう》なり束縛（どう呼んでも差し支えないが）なりの理由も明らかになり、あの遺言状に記された奇想天外な条項の謂《い》われさえはっきりするのかもしれない。ともあれ、一見の価値はある。

というものだ。慈悲のかけらも持たない男の顔。ものごとに動じないエンフィールドに、あれほど強烈な憎悪を掻き立てた顔なのだから。

それからというものアタスンは、店が軒を連ねる脇道に面したあの扉に、足繁く通うようになった。始業を前にした朝早くに、業務に忙《せわ》しなく追われて時間のない昼に、霧のかかった月が街を見下ろす夜に、いかなる光のもとであろうと、辺りが閑散としているときにも人混みであふれているときにも、決まった場所に弁護士の姿が見られたのである。

「あっちがハイド《隠れる》氏なら、こちらはシーク《探す》氏さ」と、胸に思いながら。

やがて、彼の忍耐が報われるときがついに訪れた。よく晴れた、乾いた夜だった。空気は寒々と凍《い》てつき、通りは舞踏場の床のようにごみひとつなく、無風の中すっくと立ち並ぶ街灯が、光と影の模様を整然と描き出していた。十時になる頃には店もすっかり閉まって例の脇道からは人影がほとんど消え、四方からロンドンの街がたてる低いうなりこそ聞こえるものの、ひっそりと静寂に沈んでいた。かすかな物音も遠くまで通るほどで、道の両脇に立ち並ぶ家々の生活音がよく聞こえ、誰かが近づいてくれば、姿が見えるよりもずっと先に足音が響き渡った。妙な、軽々とした足音が近づいてくるのにアタスンが気付いたのは、いつもの場所について数分が過ぎたころのことだった。夜な夜な同じ場所で見張りに立つうちに、彼はその場で起こる妙な音響効果にすっかり慣れきっていた。ずっと離れたところを歩くたったひとりの足音が、ざわついた街の喧噪《けんそう》の中からだしぬけにはっきりと飛び出てくるのである。だがしかし、これほどまでに鋭く、そして鮮烈に注意を引き付けられたことなどありはしなかった。アタスンは強い、妄信的ともいえる成功への予感を覚えると、あの扉の見える路地の入り口に身を隠した。

足音はぐんぐん近づいてくると、道の角を折れていきなり大きく響き渡った。アタスンが入り口から覗《のぞ》き見ると、これから相対しなくてはならない男の姿がすぐに現れた。小柄でひどく質素な装いをした男で、離れたところから見ただけでもアタスンは、なぜだか強い嫌悪感を掻き立てられた。男は先を急いで車道を横切ると、自宅に戻る人がよくそうするように、戸口へと近づきながらポケットの鍵《かぎ》を引っ張り出した。

アタスンは影の中から足を踏み出すと、通り過ぎ際に男の肩に手をかけた。「人違いでなければ、ハイド氏ではないかな？」

ハイドは、はっと音を立てて息を吸い込みたじろいだ。しかし即座に落ち着きを取り戻すと、アタスンの顔を見ようともせず冷淡にこう答えた。「確かに私の名前だが、いったいどんなご用件かな？」

「お入りになろうとしている様子だったものだからね」アタスンは言った。「私はジキル博士の古い友人でゴーント街のアタスンという者だが、君も名前くらいは聞いたことがあるだろう。都合良くお目にかかれたものだから、私も中に入れてもらえないかと思ってね」

「あいにくだが、ジキル博士なら留守にしているよ」ハイドは鍵穴に鍵を差し込みながら答えた。だが、顔を上げようともしないままますぐに訊《たず》ねた。「しかし、なぜ私のことをご存じなのかな？」

「それはさておき、ひとつ頼みがあるんだがね」アタスンが言った。

「お聞きしよう」ハイドが答えた。「どんなことかな？」

「顔をよく見せてはもらえないだろうか？」アタスンは訊ねた。

ハイドは躊躇《ちゅうちょ》したように見えたが、とつぜん何かにつつかれたかのように顔を上げて挑むような視線を向けた。ふたりは数秒ほど身じろぎひとつせずに見つめ合った。「これで次に会えば君だと分かるな」アタスンが言った。「助かったよ」

「それは何より。お会いできてよかったよ。ついでに、私の住所も教えておこう」ハイドはそう答えると、ソーホー地区にある通りの番号を告げた。

「なんとまあ！　この御仁もあの遺言状のことを考えていたというのか？」アタスンはそう思ったが声には出さず、ただ低く声を漏らして住所を了解したことを知らせた。

「こちらも訊《き》きたいのだが」相手が言った。「なぜ私だと分かったんだね？」

「どんな人物か聞いていたものだからね」アタスンは、そう返した。

「誰に聞いたんだね？」

「共通の友人からさ」アタスンが言った。

「共通の友人か」ハイドは、ややしわがれた声でその言葉を繰り返した。「それは誰のことかな？」

「たとえばジキルだよ」アタスンが答えた。

「あいつが言うものか」ハイドは、怒りに顔を紅潮させて怒鳴った。「まさか、あんたに嘘をつかれるとはな」

「おやおや」アタスンが応じた。「こいつは聞き捨てならないな」

ハイドは歯を剝《む》き出して下劣な笑い声をあげた。そして次の瞬間、目を疑うような速さで扉の鍵を開け、家の中へと姿を消してしまったのだった。

彼に置き去りにされるとアタスンはしばらくの間、動揺も隠さずその場に立ち尽くしていた。それからゆっくりと通りを歩き始めたが、一歩か二歩進むごとに足を止め、すっかり当惑した人物がそうするように額に手を当てるのだった。歩きながら彼が思案していたのは、たやすく解決できる類《たぐい》の問題ではなかった。ハイドは蒼《あお》白《じろ》くまるで小人のようだし、どこがおかしいと言葉にこそできないものの奇形であるような印象を抱かせるし、笑いかたは厭《いと》わしく、臆病《おくびょう》さも暴慢さも一緒くたにしたようなもの恐ろしい態度を取り、さらにしわがれて囁《ささや》くような割れた声なのである。どれを取ってもアタスンは気に入らなかったが、そのすべてを引っくるめてみても、アタスンが彼に対して抱いた、かつて感じたことがないほどの嫌悪と憎悪、そして恐怖の説明にはならないのだった。「きっと他に何かあるはずだ」困惑したアタスンは声に出して言った。「今は正体が分からなくとも、きっと他に何かあるのだ。それにしても、あれが果たして本当に人間なのか！　まるで洞穴に暮らす野蛮人のようじゃないか。いや、フェル先生（訳注　マザーグースに登場する、特に理由もなく毛嫌いされる先生のこと）とでも言おうか。それとも、あさましい魂が放たれて肉体の器を打ち破り、姿形を変貌《へんぼう》させたのだろうか？　きっとそうに違いない。ああ、かわいそうなヘンリー・ジキル。もし人の顔に悪魔《サタン》の署名が見えるとすれば、君のあの新たなる友人の顔にそれは刻まれているのだ」

脇道の角を折れると、古くから残る見事な屋敷が連なる広場に出た。屋敷の多くはとうの昔にその栄華を失い、今やその部屋や広間を地図職人、建築家、いかがわしげな弁護士、何をしているとも知れぬ商売の代理人など、さまざまな身分の輩《やから》に貸しているのだった。ただし、角から二軒目に立つ屋敷だけは別である。玄関の頭上に設《しつら》えられた扇形の窓から漏れ出す明かりを除いてはすっかり闇に包まれていたものの、この屋敷の戸口からは富と快適さとが色濃く滲《にじ》み出ていたのである。身だしなみの整った老使用人が扉を開けた。

「やあプール、ジキル博士はご在宅かね？」アタスンが訊ねた。

「見てまいります、アタスン様」プールはそう答えながら客人を招き入れた。広々とした天井の低い玄関ホールは居心地がよく、床には石が敷かれており、（田舎の邸宅の流儀に倣い）赤々と燃える暖炉の炎で温められ、値の張りそうな樫《かし》材のキャビネットがいくつも備え付けられていた。「暖炉のそばでお待ちになりますか？それとも食堂の灯《あか》りをおつけしましょうか？」

「ここでいいよ、ありがとう」アタスンは答えると暖炉に歩み寄り、背の高い炉格子にもたれかかった。彼がひとり取り残されたこの玄関ホールは友人である博士のご自慢で、アタスン自身も、ロンドンで最も快適な部屋としきりに言っている部屋であった。しかし今夜ばかりは血の凍るような思いがした。ハイドの顔が記憶の中にどっしりと鎮座し、(彼にしては珍しいことであったが)人生に吐き気と嫌悪感とを抱かせるのである。そうして暗澹《あんたん》たる気持ちでいると、磨き上げられた戸棚にちらちらと映える炎の明かりも天井に揺らめく影も、どこかもの恐ろしく見えてくるようだった。やがてプールが戻ってきてジキル博士が留守であることを告げると、アタスンはそれを聞いてほっとした自分が恥ずかしくなった。

「ねえプール、ついさっきハイド氏が古い解剖室に入っていくのを見たんだが」彼は言った。「ジキル博士が留守だというのに、構わないのかね?」

「ええ、アタスン様」プールは答えた。「ハイド様は合鍵をお持ちですので」

「どうやら君の主人はあの若者にずいぶんと信頼を置いているようだな」アタスンは、さも感じ入ったようにそう答えた。

「はい、さようでございます」プールが答えた。「あの方の言いつけには必ず従うよう、しっかりと言いつけられております」

「しかしハイド氏をここで見かけたことはないと思ったがね」アタスンが訊ねた。

「そうでしょうとも。こちらではお食事をなさったことがありませんからね」執事は答えた。「実を申し上げますと、屋敷のこちらにはほとんどいらっしゃらないんです。ほとんど実験室のほうから出入りされておりますので」

「分かったよ。おやすみ、プール」

「おやすみなさいませ、アタスン様」

アタスンは、ひどく打ち沈んだ気持ちで帰途に就いた。「かわいそうなハリー・ジキル」彼は胸の中で言った。「何か大変なことになっているのでなければいいのだが。確かに若いころには無鉄砲なやつだった。今となっては昔の話だが、しかし神の法には時効などありはしないのだ。うむ、そうに違いない。過去に犯した罪の亡霊というべきか、はたまた隠された不埒《ふらち》の生み出した癌というべきか。当時の過ちを記憶が忘れ去り、利己心が赦《ゆる》したずっと後に、今の今になって罰が下されたのだ」そんなことを考えて恐ろしくなったアタスンは、もしやかつての悪行を詰め込んだびっくり箱がだしぬけに開いたりはしないだろうかと、隅から隅まで記憶を探りながら思い悩んだ。だが、彼の過去はまったくの潔白であった。自分の過去が記された巻物を彼ほど安心して読むことのできる人物になど、なかなかお目にかかれないだろう。それでも彼は自分がしでかしてきた過ちを思うと身の置きどころがないような気持ちになった。しかし、危うく犯しかけて踏みとどまった数多《あまた》の過ちを思って再び気を取り直し、厳粛で畏《おそ》れに満ちた感謝を抱いたのだった。ふたたび彼が元の懸念へと立ち戻ると、希望の光が射した。「このハイドという男のことを細かく調べ上げたなら」アタスンは胸の中で言った。「あの姿からしてきっと後ろ暗い秘密をいくつも持っているに違いないぞ。哀れなジキルがどんな過ちを犯そうとも、その秘密の前では陽の輝きのようなものだ。知らぬ顔などできるはずがない。あの怪人が盗人のようにハリーのベッドに忍び寄ることを思うと、寒気すら感じるほどだ。可哀想なハリー、どんな気分で君は目覚めるのだ！　それに、これはとても危険なことだ。あのハイドが遺言状に気付いたら、すぐにでも相続したいとしびれを切らすかもしれないのだから。ああ、もしジキルが任せてくれるなら、私は全力で何とかしてやらなくては」彼はそう考えると、「もしジキルが任せてさえくれるなら」と繰り返した。それはあの遺言状に書かれた奇怪な条項の数々が、まるで透かし絵のようにはっきりと心の目の前に現れたからであった。

悠々たるジキル博士

それから二週間後のこと、何とも折よくジキル博士が昔ながらの友人を五、六人招いて恒例の夕食会を開いた。いずれも知性に評判の高いワイン通ばかりである。アタスンはこれ幸いとばかりに、他の招待客が帰った後にひとりその場に残った。これはたびたび過去にもあり、特に珍しいことではなかった。アタスンは、好かれるところではよく好かれる男だった。すっかり機嫌をよくして饒舌《じょうぜつ》になった客人たちが玄関を出ていっても、主人のほうではこの無愛想な弁護士をしきりに引き留めたがったものなのである。物静かなアタスンとともに腰かけてしじまにひたり、宴《うたげ》で張り詰め、浮かれたその心を彼の醸し出す深い沈黙で鎮めたくなるのだ。ジキル博士もこの例に漏れず、今は暖炉を挟むようにしてアタスンの向かいに腰かけていた。ジキル博士は大柄で体つきに恵まれた感じのよい五十代の人物で、いくらか小《こ》賢《ざか》しそうなところが垣間見《かいまみ》える気こそするものの、それを打ち消すほどの懐の深さと温かみが表れていた。表情を見れば、彼がアタスンに対して抱く真摯《しんし》で温かな慈しみがよく分かるのであった。

「ジキル、実はずっと君と話がしたいと思っていたんだよ」アタスンが言った。

「例の遺言状のことでね」

　まじまじと顔を見れば博士がこの話題に嫌悪を抱いたことが分かっただろう。しかし彼は、あえて快活にこう言ってみせた。「ああ、アタスン。こんな面倒な依頼人に当たってしまうとは、君もついてない男だな。あの遺言状のせいで君のように困り果てた顔をした人など初めてだよ。無論、僕の研究を科学的異端呼ばわりする、堅物学者のラニヨン先生だけは別だけどね。ああ、そんな顔をしないでくれ。僕だってあいつがいいやつなのは分かっているとも。実にいいやつだし、僕だってしょっちゅう会いたくなるくらいだよ。しかし、ああも学識まみれの堅物になられてしまうとね。ああいうのを、無知で偏屈な衒学《げんがく》者というのさ。あいつほどがっかりさせられた相手は他にいやしないよ」

「分かってるとは思うが、私はあれには断じて同意していないよ」アタスンは、博士の話を容赦なく無視すると詰め寄った。

「あれというのは、僕の遺言状のことかな？　ああ、それなら承知しているとも」

博士は、やや鋭く言葉を返した。「君にそう言われるのも初めてじゃないからね」

「では、もう一度同じことを言わせてもらおう」アタスンは言葉を続けた。「あのハイドという若者について、実は調べているところなんだよ」

ハンサムなジキル博士の大きな顔が唇まで蒼白《そうはく》になり、ふたつの瞳《ひとみ》がずっしりと暗くなった。「その話ならもうよしてくれ。互いにもう口にしないと約束したはずだと思ったが」

「だが、嫌な話を耳にしたんだよ」アタスンが言った。

「だからといって話は同じだ。君は僕の立場というものを分かっていないのさ」博士は、少々うろたえた様子で言葉を返した。「僕はつらい状況にいるんだよ、アタスン。とても妙な――実に妙な立場に身を置いているのさ。話したところでどうにかなるようなことじゃないんだよ」

「ジキル」アタスンが言った。「君も知ってのとおり、私は信頼に足る男だよ。必ずや秘密は守るから、どうか打ち明けてはくれないだろうか。私なら必ず、君を救い出すことができる」

「ありがとう、アタスン」博士が答えた。「君は本当に親切な男だよ。心の底からそう思うし、僕にはとても感謝の言葉が見つからないほどだよ。君のことは心の底から信頼しているし、生きとし生けるどんな人物よりも信頼しているとも。できることなら、自分よりも信頼するとも。だがね、これは断じて君が想い描いているようなことじゃないんだ。嫌な話なんかじゃありはしないよ。君の不安を解消させるために、ひとつ教えておこう。僕はそうしようと思えば、ハイド氏のことはすぐに切ってしまえるんだよ。これは誓って本当だ。君にはどんなに感謝してもしきれないと思っているよ。だがアタスン、悪気はないと分かってほしいんだが、言わせてくれたまえ。これは個人的なことだから、どうか君は関わらないでいてくれないか」

アタスンは暖炉に燃える炎を見つめながら、しばらく押し黙った。

「何もかも君の言うとおりだ」やがてそう言うと、彼は椅子を立った。

「さて、せっかくこの話になったのだから、君に理解しておいてほしいことをもうひとつだけ言っておくよ――これが最後になればと思うがね」博士は言葉を続けた。「僕は、あの不憫《ふびん》なハイドに並ならぬ関心を持っているんだ。君が会いに行ったのは彼からも聞いたが、さぞ無礼をはたらかれたことだろう。だが僕はあの若者に心の底から、強く、実に強く興味を引かれてならないんだよ。だからアタスン、どうか約束してほしいんだ。僕にもし万が一のことがあったら、どうかハイドのことは堪忍して、彼の権利を守ってやってくれないか。もし事情をすべて知れば、君だってそうしてくれると僕には分かっている。約束さえしてくれれば、僕の抱えた重荷もおりるというものだよ」

「彼を好きになるなんて、そんな素振りをするのもごめんだよ」アタスンは答えた。

「そんなことを頼んでいるんじゃない」ジキルはアタスンの腕に手をかけながら、ひたむきな顔で言った。「僕はただ、正義を働いてくれと言っているだけだよ。僕が死んでしまったら、僕のためにあれを助けてやってくれと頼んでいるだけなんだよ」

アタスンはどうしようもなくため息をもらした。「分かったよ、約束しよう」

カルー殺人事件

およそ一年が過ぎた一八××年十月、ロンドンの街を震撼《しんかん》させる前代未聞の凶悪事件が発生した。犠牲となったのが高貴な身分の人物であったことで、なおさら人びとの注目がいやましたのである。判明したわずかばかりの詳細は、目を瞠《みは》るものであった。その夜十一時ごろ、テムズ川のほど近くでひとり暮らしをしているメイドが、そろそろ休もうかと寝室のある二階へと上がった。街は深夜になって霧に包まれたが、それまでは雲ひとつなく晴れており、メイドが窓から見下ろす小道は満月の明かりに煌々《こうこう》と照らされていた。どうやらロマンチックな夢想家なのか彼女は窓のすぐそばに置かれた箱に腰かけると、うっとりと物思いに耽《ふけ》りはじめた。彼女はそれまでただの一度も（その晩のことを涙ながらに彼女が語ったところによると）、そんなにも人の世に住むことに安らぎを覚え、世界を愛《いと》しく思ったことはなかったという。そうして腰かけていると、白髪の美しい老紳士が小道をやって来るのが見えた。小道の反対側から彼に向かってゆくひどく小柄な紳士の姿があったのだが、彼女は当初、こちらはほとんど気に留めなかった。声の届くところまで近づくと（ちょうどメイドの見ている真下である）老紳士は会釈をし、さもていねいな物腰で相手に声をかけた。とはいえ何か大事な話をしていたというわけではなく、その手振りからして、どうやら道を訊《たず》ねただけのように思われた。話している彼の顔を月明かりが照らし出したのを見て少女が身を乗り出してみると、紳士はいかにも人のよい昔気質《むかしかたぎ》の温かみを持ちつつも、盤石の自信ゆえか、どこかしら気品をも漂わせていた。やがて彼女はもうひとりへと視線を移すと、それがハイド氏であることを知って仰天した。一度、主人のもとを訪ねてきた彼に、嫌悪感を抱いたことがあったからである。ハイドは手にした頑丈な杖《つえ》をもてあそびながら、ただのひとことも口にすることなく、今にもしびれを切らしそうな様子で老紳士の話を聞いていた。だが、だしぬけに怒りの炎を吹き上げると足を踏み鳴らし、杖を振り回し、（メイドの言葉どおりに言うならば）さながら狂人のように暴れはじめたのである。老紳士はすっかり驚きやや取り乱した様子で後ずさったが、ハイドはすっかり箍《たが》が外れたようになって杖でそれを殴りつけ、地面に打ち倒してしまった。次の瞬間、ハイドは猿のように猛《たけ》り狂って老紳士の体を踏みつけると、雨あられのごとく殴りつけた。骨が砕ける音が響き渡り、肉体が車道に転がり出た。その光景と物音の恐ろしさに、メイドは気を失ってしまったのだった。

彼女が意識を取り戻して警察に通報したのは、午前二時のことだった。殺人者はとっくに立ち去っていたが、被害者は見るも無残にずたずたにされた姿で小道のまん中に転がっていた。使われた杖は珍しい、頑丈なずっしりと重たい木で作られていたが、力ずくの兇行《きょうこう》によってまっぷたつに折れており、その半分がそばの溝の中に転げ落ちていた。残りの半分は明らかに、殺人者が持ち去ってしまったのである。被害者の財布と金時計は手つかずのまま残されていたが名刺や書類などは見当たらず、見つかったのは唯一、封がされて切手の貼られた封筒一枚のみであった。どうやらポストに投函《とうかん》しにゆくところだったのか、封筒にはアタスンの氏名と住所が書かれていた。

翌朝、この封筒はアタスンが起床するより早く届けられた。アタスンはそれを開封すると事件のあらましを聞くやいなや、重たい唇で言った。「遺体を見るまで、発言は差し控えさせていただこう。これはとても深刻な事態になったようだ。着替えてくるのでお待ち願いたい」そして、変わらず重苦しい表情のまま急いで朝食を済ませると馬車に乗り込み、遺体が運び込まれた警察署へと乗り付けたのであった。

死体安置所に入ると、彼は迷わずにうなずいた。

「ああ、間違いない。残念だが、これはダンヴァース・カルー卿《きょう》だ」

「そんなまさか。どうしてこんなことに？」警官はそう叫ぶと、すぐさま職務遂行に瞳《ひとみ》を燃やして言った。「これは大変な騒ぎになるでしょう。どうか犯人逮捕のためにご協力くださらないか」そして、メイドの証言を手短に伝えると、折れた杖をアタスンに見せた。

アタスンはハイドの名を聞いてすでにたじろいでいたが、目の前に杖が置かれるともう疑いの余地はなかった。折れてぼろぼろになっているとはいえ、それは何年も前に彼がその手でヘンリー・ジキルに贈ったものだったのである。

「そのハイドというのは、小柄な男かね？」アタスンは訊ねた。

「ええ、メイドいわく、ひどく小柄でひどく凶悪な顔をした男だそうですよ」警官が言った。

アタスンはしばし考え込むと、顔を上げながら言った。「私と一緒に馬車で来てくれないか。くだんのハイド氏宅にお連れできると思うのだが」

その頃にはもう朝の九時を回ろうとしており、この季節初めての霧が街を包んでいた。チョコレート色をした霧がまるで棺掛《ひつぎ》けのように低く濃く天を覆っていた。

しかし、居座り続けようとするその湿気を吹き止まぬ風が追い回し、吹き払い続けていたものだから、のろのろと道筋から道筋へと走る馬車の中にいるアタスンからは、朝日がめくるめく明るさと色合いに移ろって見えた。こちらでは夕暮れの終わりのように暗いかと思うと、あちらではまるで奇怪な災厄でも起こったかのように不気味な褐色の光が煌々と照り、さらに別のところでは刹那《せつな》上空が顔を覗《のぞ》かせ、渦巻く霧の合間からひと筋の陽光がか細く射し込んでくるのだった。移ろう情景の中に、どんよりとしたソーホー地区が見えた。ぬかるんだ道と、粗野な通行人たちの姿。街灯は一度も消されたことがないのか、それとも再び陰鬱《いんうつ》とさせ街を包もうと襲ってくる暗闇に抗《あらが》うべく改めて灯《とも》されたのか分からないが、アタスンは、自分がまるで悪夢の街の一部を目の当たりにしているような気持ちになった。そのうえ、彼の心はかつてないほどの憂鬱に染め抜かれていた。馬車の同乗者たちをちらりと見ると、時にはもっとも善良な人間を槍玉《やりだま》にあげることもある法に、そして法の番人たちに対して、かすかな恐ろしさを感じるのである。

アタスンが伝えた住所に馬車が止まると霧もいくらか晴れ、薄汚い路地や、粗末な酒場や、安っぽいフランス料理店や、一ペニーの雑誌や二ペンスのサラダを並べた店や、家々の戸口にたむろする汚らしい子供たちや、鍵《かぎ》を手にぞろぞろと朝の一杯を飲みにゆく国籍不明の女たちの姿が、アタスンの目の前に浮かび上がった。だがその次の瞬間には頭上にまた暗褐色の霧が立ちこめ、いかにも下卑たその一帯から彼を切り離した。ここここそ、ヘンリー・ジキルのお気に入りの人物——二十五万ポンドの相続者たる男——が棲《す》まうところだったのである。

象牙《ぞうげ》のような顔色をした銀髪の老婆が扉を開けた。卑しい顔だちを愛想でごましてはいたが、応対は実に見事なものであった。「はい。こちらはハイド様のお住まいですが、ハイド様はただ今お出かけになっておいでです。昨夜はそれはそれは遅くにお帰りだったのですが、一時間と経たずにまたお出かけになったのでございます。珍しいことではございません。たいそう不規則なお暮らしをなさるもので、お留守になさることもしょっちゅうなのです。昨日お目にかかったのも、かれこれほとんど二ヶ月振りのことになるんですよ」

「なるほど、では彼の部屋を見せて頂くことはできるかな?」アタスンはそう言うと、老婆がそれはできないと言いかけたのを見て、言葉を続けた。「こちらの方をご紹介しておいたほうがよさそうだな。スコットランド・ヤードのニューコメン警部補だ」

老婆はいやらしい好奇の笑みを顔によぎらせると言った。「あらまあ、何か面倒ごとですか！　あの方が何をされたので？」

アタスンと警部補が、視線を交わし合った。「どうやらハイド氏は、あまり評判のよろしくないお方のようだね」警部補が言った。「さあお婆ちゃん、私とこちらの紳士に中を見せてはくれんかな」

老婆を除けば誰もいないこの家じゅうでハイドが使っているのはたったふた部屋だけだったが、どちらの部屋にも贅沢《ぜいたく》で趣味のよい家具が調っていた。たっぷりとワインのしまわれた戸棚と、銀食器に上品なナプキン。壁には、（アタスンの推測では）目利きのヘンリー・ジキルから贈られた値打ち物の絵画がかけられていたし、絨毯《じゅうたん》はどれも幾重にも織られた色彩のよいものばかりである。だがどちらの部屋にもつい最近、それも急いで何かを探し回ったような痕跡《こんせき》が残されていた。床にはポケットを引っ張り出された衣服が散らかっていたし、鍵の付いた引き出しには閉じようとした跡も見られない。そして暖炉にはねずみ色をした灰が山と積もったままになっており、まるで大量の書を焼き捨てたかのようだった。警部補は灰を探ると、炎に抗った緑色の小切手帳の燃えかすを見つけ出した。さらにドアの裏側から折れた杖の半分が見つかった。こうして容疑が固まると、警部補は喜びをあらわにした。その後銀行に赴き殺人犯の口座に数千ポンドが入っているのが見つかると、警部補はもうすっかりご満悦になった。

「もはや疑う余地はありませんな」警部補がアタスンに言った。「もう逃がしはしませんよ。奴め、きっと気が動転していたんでしょう。じゃなかったら杖を忘れたりはせんでしょうし、何より小切手帳を燃やしたりなどするものですか。あの男には金こそ命なんですからな。あとは奴がのこのこやって来るのを銀行で待ち構え、手配書でも配っておけば、一巻の終わりというものでしょう」

だが、この手配書の作成は一筋縄ではいかなかった。というのは、ハイドには顔見知りなどろくろくおらず、あのメイドを派遣した人物も、たった二回しか彼を見たことがないというのだ。家族を探してもどこにも見当たらず、写真の一枚も残ってはいない。彼の容姿に関する証言こそわずかばかり得られはしたものの、よくありがちなとおり、どれもばらばらに掛け離れた証言ばかりなのである。たったひとつ全員の証言が一致したのは、この逃亡犯が目撃者たちに深々と刻みつけた、言葉にすることのできない奇形の印象だけなのだった。

手紙の怪

その日アタスンがジキル博士宅を訪ねたのは、すっかり午後を回ってからのことであった。彼はプールに招き入れられると炊事場の横を通り、以前は庭園だった中庭を突っ切り、適当に実験室や解剖室と呼ばれている建物へと案内された。ジキル博士はこの屋敷をとある高名な外科医の相続人から買ったのだが、解剖学より化学のほうに関心があった彼は、庭の最奥にあるこの建物の用途を変えて使っていたのであった。アタスンは友人宅のこの棟に足を踏み入れるのは初めてのことで、窓もなく薄汚れた建物へと好奇の視線を向け、どうも嫌な居心地の悪さを覚えながら建物の内部を進んでいった。かつては熱心な学生たちで混み合っていたこの建物も今や薄気味悪く静まり返っていた。どのテーブルにも化学器具が積まれ、床には木箱や荷造りに使う藁《わら》が散らかり、ぼんやりと霞《かす》む円天井《キューポラ》からはほのかな光が射し込んできていた。そのいちばん奥の階段を上りきったところに赤い羅紗《ラシャ》張りのドアがあり、アタスンはそれをぐるとようやく博士の書斎へと辿《たど》り着いた。そこは一面にガラス張りの戸棚が備え付けられた大きな部屋で、さまざまな家具が設《しつら》えられていたが、中でも姿見と仕事机が目を引いた。鉄格子のはめられた窓が三つあり、そこからは家の前を通るあの路地を見下ろすことができた。暖炉には赤々と炎が燃えており、家の中にも霧が濃く立ちこめてきていたので、炉棚には灯《あか》りを点《とも》したランプがひとつ取り付けられていた。そして、炎の温《ぬく》もりに寄り添うようにして、死人のようにやつれ衰えたジキル博士が腰かけていたのである。彼は立ち上がって客人を迎えようともせず、冷え切った手を差し伸べると変わり果てた声で挨拶《あいさつ》の言葉を口にした。

「さてと」アタスンは、プールが退室するやいなや口を開いた。「もう事件の報《しら》せは君も聞いたかね？」

ジキルは身を震わせた。「広場のほうでやかましく報せてたからね。食堂にいても聞こえたよ」

「ひとつ言っておこう」アタスンは言った。「カルー卿《きょう》は私の顧客だったし、君は今でもそうだ。そこで私は、自分が今何をしているのかちゃんと把握しておきたいんだ。君は、あの男を匿《かくま》ったりしない程度には正気だろうな？」

「アタスン、神に誓うよ」ジキルは声を張りあげた。「もう絶対に彼には会わんと神に誓うとも。彼とは金輪際関わらないと、僕の名誉にかけて約束しよう。もう何もかもおしまいだ。実際、彼はもう僕の手助けなど必要としちゃいないんだ。君は僕のように彼のことを知らないから言っておくが、あの男はもう無害だよ、まったく無害だ。この言葉に嘘偽りはない。もうあの男の噂を聞くことは二度とありはしないよ」

アタスンは沈んだ面持ちでジキルの話に耳を傾けていた。熱に浮かされたかのような友人の様子が気に入らないのである。「いやにあの男のことがよく分かったような口ぶりじゃないか。君のためにも、今の話に間違いがないことを祈っているよ。裁判になれば、恐らく君の名前も出されるだろうからね」

「彼のことならよく分かっているとも」ジキルが答えた。「誰にも話せはしないが、ちゃんと根拠があって言っているんだよ。だが、ひとつ君に教えを請いたいことがある。実を言うと一通の手紙を受け取ったんだが、それを警察に見せたものかどうか悩んでいるんだよ。アタスン、このことを君に任せたいんだ。君ならば間違いなく、賢明な判断を下してくれるだろうからね。君のことは、心の底から信頼しているよ」

「その手紙のせいであの男が捕まることになるんじゃないかと、恐れているんだね？」アタスンは答えた。

「いや、そうじゃない。ハイドがどうなろうと、僕にはどうだっていいことなんだよ。きれいさっぱり手が切れたんだからね。僕は今回の忌まわしい一件のせいで自分の名誉が傷つくことを心配しているんだよ」

アタスンは、しばらく考え込んだ。友人の身勝手さに呆気《あっけ》に取られると同時に、安堵《あんど》もしていたのだ。「なるほど」やがて、彼は口を開いた。「では、その手紙とやらを見せてもらうとしよう」

手紙は、どこか異様な直立した字体で書かれ、「エドワード・ハイド」と署名がされていた。そしてごくごく手短に、恩人であるジキル博士から受けた数々の寛容な配慮に対して何も恩返しができなかったこと、そして自分には確固たる逃亡手段があるので身の安全を心配することはまったくないということが、したためられていた。アタスンはこの手紙を読むと、ぐっと安堵を深めた。ふたりの親密な関係が、彼が懸念していたようなふしだらなものではなかったからである。彼は、そんな疑念を抱いていた自分を叱責《しっせき》しながら言った。

「封筒を見せてもらえるかね？」

「燃やしてしまったんだ」ジキルが答えた。「ろくに考えもせずにね。だが、消印はどこにも見当たらなかったよ。直接届けられたんだ」

「この手紙を預かり、ひと晩考えさせてもらえないだろうか？」

「判断は、すべて君の手にゆだねるとするよ」彼が答えた。「僕は完全に自信喪失だ」

「では、お言葉に甘えるとしようか」アタスンは答えた。「おっと、もうひとつだけ訊《き》かせてくれ。あの遺言状に含まれている君の失踪《しっそう》に際しての条項を無理やり書かせたのは、ハイドなのかね？」

ジキル博士は目眩《めまい》を覚えて意識を失いかけながら、唇をぎゅっと結んでうなずいた。

「予想どおりだ」アタスンが言った。「あの男は君を殺すつもりだったんだよ。まさに危機一髪、助かったというわけさ」

「助かっただけなんてとんでもない」ジキルは顔をしかめて答えた。「僕は教訓も得たんだよ——ああ、アタスン、ものすごい教訓をだよ！」そして、しばらく両手に顔を埋《うず》めて黙り込んでしまった。

アタスンは帰りがけに足を止めると、プールとすこし立ち話をした。「それはそうと、今日誰かが手紙を届けに来たと思うが、どんな姿をした人だったかね？」だがプールは郵便物以外は何も届かなかったと断言し、「それも広告のようなものばかりですよ」と付け加えたのだった。

これを聞いたアタスンは、新たな恐怖を胸に覚えた。もしプールの言葉に間違いが無いとすれば、あの手紙は実験室の扉に届いたということになる。いや、書斎で書かれたということも考えられることだ。そういうことであれば認識を改め、より注意深くことを運ばなくてはならなくなる。歩道に出ると、あちらこちらで新聞売りの少年たちが声を限りに叫んでいた。「号外だよ！　戦慄《せんりつ》の、国会議員殺人事件！」これはアタスンにとって、友人であり依頼人でもあった人物への悼辞であった。さらに友人の名が新たにひとつこの醜聞の渦に巻き込まれるのかもしれないと思うと、彼は不安を感じずにはいられないのだった。とにもかくにも、難しい決断を迫られている。生来は人に頼らぬところのあるアタスンだったが、彼は誰かの助言が欲しくてたまらないような気持ちになりはじめていた。直接的に求めるわけにはいかないが、何とかして人から引き出すことはできないものだろうか。

しばらく後、彼は自分の右腕であるゲスト氏を立たせ、暖炉の両側に置かれた椅子に腰かけた。ふたりの間には、暖炉から程よく離れたところに、地下室の暗がりでずっと保管されてきたビンテージ・ワインがボトルで置かれていた。霧はまだ、カーバンクル《ざくろ石》のようなランプが輝く街の上空を重苦しく覆っていた。街の大動脈を流れる命のうなりが強風の轟《とどろ》きとともに、霧の向こうからくぐもって響いていた。部屋は、暖炉の炎に赤々と照らされていた。ずっと眠っていたワインからは酸味もとうに抜け、まるで歳月を経たステンドグラスの色合いが豊かさを増すように、その麗しい紫色も柔らかみを増していた。丘肌に広がるワイン畑を照らす秋の暑い昼下がりの陽光が、今にも解き放たれ、ロンドンの霧を追い払ってくれそうな気さえする。アタスンの心も、知らず知らず和んでいた。ゲストほど腹を割って話ができる相手はそうそうおらず、秘密にしておきたいはずのことですら、図らずも打ち明けてしまうのである。ゲストはよく仕事の用事でジキル宅を訪ねてきていたし、プールとも顔見知りだ。あの家とハイドのことも耳にしているに違いないのだから、もしかしたら妙案を思い付いてくれるかもしれない。ということであれば、謎を解き明かしてくれるあの手紙を、彼の目にも触れさせてもよいのではないだろうか？何といってもゲストは筆跡については熱心な勉強家であり鑑定家でもあるのだから、見せたところで自然かつ当然の成り行きと受け取ってくれるのではないだろうか？そのうえゲストは相談を受けることにかけては名手なのである。あのような奇妙な手紙を読めば必ずや意見を口にすることだろうし、その意見を通してアタスンの未来の道筋が見えてくるかもしれないのだ。

「ダンヴァース卿《きょう》の一件は、まさに悲痛の極みだよ」アタスンは言った。

「ええ、まったくです。ロンドンじゅうの人びとが哀しみに暮れていますよ」ゲストが答えた。「明らかにこれは、狂人の仕業でしょう」

「実は、ここに犯人が書いた手紙があるんだ。これは私たちだけの秘密にしてほしいのだが、いったいこの手紙をどうしたものかと途方に暮れていてね。まったく、忌むべき手紙だよ。ほら、これだ。きっときみの専門だろう、殺人者の直筆なんだからね」

ゲストは目を輝かせると腰かけ、食い入るように手紙を見つめた。「いや、先生。これは狂人なんかじゃありませんよ。しかし奇妙な筆跡ですな」

「なんといっても、書いた本人が実に奇妙な人物だからね」アタスンが言い足した。

そこへ、一枚の紙を持って使用人が入ってきた。

「おや、ジキル博士からですね？」ゲストが言った。「その筆跡は存じているものですから。何か内密なお話ですか、アタスン先生？」

「や、ただの夕食への招待状だよ。どうしてだい？　君も見たいのかい？」

「少しだけ。ありがとうございます」ゲストはそう言うと二枚の紙を並べ、そこに書かれた文字を熱心に見比べはじめた。

「ありがとうございました」ようやく彼が、二枚ともアタスンに返した。「いやはや、実に興味深い署名ですよ」

部屋に沈黙が流れた。アタスンは何とも言えぬ気持ちになると、だしぬけに「ゲスト、なぜふたつの署名を比べたりしたんだ？」と訊《たず》ねた。

「それは、ふたつの署名に妙な類似が見られるからですよ」ゲストは答えた。「どちらも、多くの意味で一致しているんです。文字の傾きかたが違うだけでね」

「何とも妙な話だな」アタスンが言った。

「ええ、おっしゃるとおり。何とも妙な話です」ゲストが答えた。

「この手紙の話は、今日この場かぎりのこととしよう。いいね？」

「ええ、もちろんです」ゲストがうなずいた。「心得ておりますとも」

その夜アタスンは、ひとりきりになるとすぐに手紙を金庫にしまい込んだ。手紙はその後、取り出されることなくそこに保管されることになった。「何ということだ！」アタスンは胸の中で言った。「ヘンリー・ジキルが殺人犯の手紙をでっちあげるとは！」血管を巡る血液が凍り付くような思いがした。

ラニョン博士の事件

　時間は刻々と過ぎていった。市民を悲嘆の底に沈めたカルー卿殺害事件には何千ポンドという懸賞金がかけられたが、ハイドはまるで存在すらしていなかったかのように、警察の前から忽然《こつぜん》と姿を消してしまった。彼の過去はあれこれと明るみに出されたが、どれもこれも実に忌まわしいものばかりであった。彼がいかに残忍かつ冷徹、そして暴力的な男なのか。いかに下劣な人生を送ってきたのか。どれほど奇妙な仲間と付き合っていたのか。どのような恨みを買って生きてきたのか。さまざまな逸話が見つかったのだが、肝心な彼の居所については、噂ひとつ出てこない。殺人事件の起こった朝にソーホー地区の自宅を立ち去ってから、ぱったりと行方をくらましてしまったのである。アタスンは時が経つにつれて張り詰めた気持ちを緩ませ、落ち着きを取り戻していった。彼の中ではカルー卿の死も、ハイドの失踪《しっそう》によって十分に報われていたのだった。悪しき影響が消え、ジキルには新しい人生が始まっていたのである。彼はもはや自宅に閉じこもるのをやめて友人たちとの付き合いを改め、また懐かしい顔なじみとなって、皆を楽しませていた。もともと慈善家としてよく知られているジキルだったが、今は信仰家としても同じくらいに知られていた。多くの時間を戸外にて過ごし、善を行うのに彼は奔走した。あたかも内に宿る奉仕の心が照らしているかのように、その顔は朗らかに輝いていた。そうして彼は二ヶ月以上も、平穏の日々を送っていたのである。

一月八日、アタスンは数人の友人たちと一緒に博士宅での夕食に招かれた。そこにはラニヨンも同席していたが、ジキルはまるで三人が掛け替えのない親友同士だったかつてのように、彼とアタスンの顔を交互に見つめるのだった。だが十二日にアタスンは門前払いを喰《く》らうと、十四日にも同じ憂き目に遭わされ、プールから「主人は閉じこもっておいでで、どなたにも会われません」と告げられた。アタスンは十五日にもう一度訪ねたが、また追い払われた。それまで二ヶ月にわたりほとんど毎日のように会っていたというのに、また引き籠《こ》もるようになってしまったのだと思うと、彼の胸は重苦しく沈んだ。そして五日目の夜にゲストを招いて食卓をともにし、六日目になるとラニヨン博士の家を訪ねたのだった。

ここでは門前払いを喰らうことこそなかったものの、家に入ったアタスンは、医師の変わり果てた姿を見て衝撃を受けることになった。まるで、死刑執行令状がはっきりと書かれたような顔をしていたのだ。赤みがかった顔色はすっかり蒼《あお》ざめ、肉はそげ落ち、髪も抜け落ち老け込んでしまっていたのである。しかしそうした肉体の衰えよりも何よりもアタスンの目を引いたのは、心の底に根付いた恐怖が表れているかのような、その眼差し《まなざ》と物腰のほうであった。ラニョンが死を恐れるなどとは思わなかったが、アタスンはそれでも疑念を抱かずにはいられなかった。「そうとも、彼は医師なのだから、自分の健康状態も余命のことも分かっているに違いない。そのことを堪え難く感じているのだ」アタスンが思い切って顔色の悪いことに触れると、ラニョンはきっぱりとした口調で、自分はもう先が長くないのだと言ってのけた。

「私はひどい衝撃を受けたんだよ」ラニョンが言った。「もはや回復など不可能だ。あと何週間かしかもつまい。いや、人生は素晴らしかったとも。愛していたさ。そう、かつては愛していた。近ごろじゃあ、何もかも知り尽くしてしまったならば、死のほうに歓《よろこ》びを覚えるようになるんじゃないかと思うんだよ」

「ジキルも身を病んでいる」アタスンが言った。「最近、彼には会ったかね？」

ラニョンはその言葉に表情をがらりと変えると、震える手を挙げ「ジキル博士のことはもう、会いたいとも噂に聞きたいとも思わん」と大声をわななかせた。「あいつとはもうすっぱりと縁を切った。死んだと思っている男の話など、どうかこれ以上私に聞かせないでくれ」

「落ち着きたまえ」アタスンはそう言うと、しばらくじっと考えてから言葉を続けた。「私に何かできることはないかね？　私たち三人はもうずっと古い友だちじゃないか。なあラニョン、この先こんな友人など他にできやしないよ」

「できることなどありはしないよ。あっちに話を聞いてみるといい」ラニョンは答えた。

「私に会おうとしてくれないんだよ」アタスンが言った。

「まあ、それも無理もなかろう。アタスン、私が死んでからいつか君もことの次第を知ることになるだろう。私が言うわけにはいかない。君がここに残って他の話をしてくれるのであれば、心の底からそうしてほしい。だが、どうしてもこの話を避けることができないというのなら、心の底から出ていってほしい。私にはとても我慢できん」

アタスンは自宅に戻るとすぐにジキルに手紙を書き、自分を家に入れようとしないことを咎《とが》め、ラニョンとの不幸な諍いの理由を訊ねた。翌日になって返信が届いた。あちらこちらに感情的な言葉が綴《つづ》られた、時には暗い謎めきが漂う手紙であった。ラニョンとの不仲はもう解消できないのだと、そこには書かれていた。「懐かしい友を責める気はない」と、ジキルは書いていた。「しかし、二度と会うことはないという彼の意見に私は賛成だ。私は今後完全に閉じこもって過ごすつもりでいるから、君に対してすら門を閉ざすことが度々あるだろうが、驚いたり、友情を疑ったりすることはしないでくれたまえ。そして私が暗黒の道をゆくことを、どうか容赦してほしい。私は、言葉にできない罰と危険とを自らに課してしまった。私は罪人たちの長《おさ》であり、苦悩者の長でもある。この地上に、これほどまでに人智を超えた苦難や恐怖の場所があろうとは、私には思いも寄らなかったのだよ。だがアタスン、私の運命を照らすために君にできることが、たったひとつだけある。それは、私の静寂を重んじてくれることだよ」アタスンは目を疑わずにはいられなかった。ハイドの悪しき影が消えて、ジキルは以前の仕事と友人たちの元へと立ち戻り、つい一週間前までは、楽しみと誉れに満ちた明るい老後の約束された運命が彼に微笑みかけていたのである。だというのにわずか一瞬のうちに、友情も、心の平穏も、そして人生のすべてまでもが砕け散ってしまった。こうした大きな、そしてだしぬけの変化というものは往々にして人の狂気ゆえに起こるものだが、ラニョンの態度や言葉から察するに、どうもそこにはもっと根深い理由があるように思われた。

それから一週間後にラニョン博士はベッドから身を起こすことができなくなり、二週間も経たないうちに帰らぬ人となってしまった。葬儀の夜、アタスンは胸を哀しみで満たして事務所のドアに鍵《かぎ》をかけた。そして陰鬱《いんうつ》な蠟燭《ろうそく》の明かりに照らされた椅子に腰かけ、死んだ友人の手で宛名《あてな》が書かれ、封蠟の上に死んだ友人の印章《シール》が捺《お》された封筒を目の前に置いた。封筒には「親展。G・J・アタスン以外は開封せず、同氏死亡の場合は未開封のまま破棄すること」と強調して書かれており、アタスンは中身を読むことを躊躇《ちゅうちょ》した。「今日友人の埋葬を済ませたばかりだというのに、この手紙のせいでまたひとり失うことにでもなったら……」と彼は胸の中で言った。しかし、それは友への裏切りというものだと彼は恐怖を振り払い、封蠟を剝《は》がした。中には同じく封のされた封筒がしまわれており、表に「ヘンリー・ジキル博士の死亡もしくは失踪までは未開封のこと」と書かれていた。アタスンは、思わず目を疑った。またしても「失踪」である。ずいぶん前に本人に突き返したあの狂気の遺言状と同じく、ここにもまた失踪という言葉とヘンリー・ジキルの名がひとくくりにされているではないか。しかしあの遺言状がそうなっていたのはあのハイドの邪《よこしま》な圧力のせいであり、その目的はあまりに明確で、あまりに恐ろしいものだった。それがラニョンの手で書かれているというのは、いったいどういうことなのだろう？　すべてを任された者としてアタスンは強烈な好奇心を掻《か》き立てられると、指示を無視してこの謎のまっただ中へと飛び込んでいきたい衝動に駆られた。だが弁護士としての職業意識と今は亡き友人に対する忠誠心は彼にとって、絶対的な義務なのである。アタスンは手紙を、金庫のいちばん奥の隅にしまいこんだ。

好奇心を抑えることは、それに打ち勝つことと同じではない。その後もアタスンが以前のように、生き残った友人との交際を好んで求めたかというと、それには首をひねらざるをえない。確かにジキルのことを大事に思ってこそいたものの、心の中はざわつき、恐怖に満ちていたのである。彼のことを訪ねていっても、戸口で追い返されるとどこか安堵《あんど》した。息の詰まるような家の中に招き入れられて得体の知れない隠者と話をするよりも、開けたロンドンの雰囲気と喧噪《けんそう》に包まれて、戸口でプールと立ち話でもしているほうが気楽だったのだ。実際、プールが聞かせてくれる報《しら》せはどれもこれも、あまり気持ちのよいものではなかった。近ごろのジキルはなおさら実験室の奥にある書斎に閉じこもるようになり、そこで眠ることもあるのだという。魂が抜け落ちたかのように口数もやたらと減り、本を読むこともしなくなり、まるで何かに心を囚《とら》われているかのような様子らしい。いつ訪ねてもこうして変わらぬ姿を伝え聞かされているうちに、アタスンの足はジキル宅からだんだんと遠のいていったのだった。

窓辺での一件

日曜日、アタスンはいつものようにエンフィールドとの散歩に出かけると、またあの通りへと差し掛かった。そして、例の戸口の前に来たところで、ふたりとも足を止めた。

「やれやれ」エンフィールドが言った。「ようやく例の話も一件落着というところだね。くだんのハイド氏を見かけることも、もうあるまい」

「だといいのだが」アタスンが答えた。「彼に一度お目にかかった話は君にしていたかな？　おっしゃるとおり、嫌な感じのする男だったよ」

「あれに会えば、誰にだってそう分かるだろうさ」エンフィールドは答えた。「それよりも、君は僕のことをとんだ間抜けだと思ったことだろうね、なにせここがジキル博士宅の裏口だということも知らなかったわけだから！　気付きはしたが、それもある部分は君がぽろりと漏らしてしまったせいでもあるんだよ」

「ともあれ、君も気付いたということだね？」アタスンが言った。「そういう話ならば、あの路地に入って窓を調べてみようじゃないか。実を言うと、哀れなジキルのことが私は心配でね。窓の外とはいえ友の存在を感じれば、彼も心強く思ってくれるかもしれない」

路地はひどく冷え込み少々湿気も立ち込めており、頭上の空高くはまだ明るく夕陽に照らされているものの、路地はすでに黄昏《たそがれ》の影にすっかり覆われていた。三つ並んだ窓のうち中央のひとつが半開きになっており、その窓辺にはまるで失意の底にある囚人のような様子でジキル博士が腰かけ、果てのない悲哀を表情に浮かべて外の空気を吸っているのが見えた。

「おい、ジキルじゃないか！」アタスンは大声で呼びかけた。「もう具合はよくなったのかい？」

「いいや、アタスン。ひどいもんだよ」ジキルは弱々しく答えた。「ひどいもんさ。だが、そう長いことはあるまい。ありがたいことさ」

「閉じこもってばかりじゃいけないよ」アタスンが言った。「私やエンフィールドみたいに表に出て、血を循環させないとさ（こちらは従兄弟《いとこ》のエンフィールド君だよ――彼がジキルだ）。さあ、君も帽子を取ってきて、私たちとひと歩きといこうじゃないか」

「君はいいやつだな」ジキルが答えた。「僕としてもそうしたいところなんだが、いやいや、だめだ、そいつは無理だ。やめておくとしよう。しかしアタスン、君に会えて本当に嬉《うれ》しいよ。心の底から嬉しいとも。君にもエンフィールドさんにも上がっていって欲しいところなんだが、いかんせんこときたら、今ひどいありさまでね」

「それならば」アタスンは努めて気安く声をかけた。「私たちはここで、君はそこで、このまま話をするのがいちばんいいかな」

「僕も、ちょうどそう言おうと思っていたところだよ」ジキルは微笑みながら言った。だが、言い終えるよりも先にその笑みが消え去り、見るも恐ろしい恐怖と絶望が顔に浮かんだのを見て、路上に立つふたりは血も凍るような思いがした。さっと窓が降ろされてしまったせいでちらりとしか見えなかったが、それだけでも十分だった。ふたりはひとことも口にせず建物に背を向けて路地から歩き去ると、押し黙ったまま裏道を戻っていったのだった。やがて、日曜だというのにいくらか暮らしの喧噪がある目抜き通りに出ると、ようやくアタスンはエンフィールドのほうに顔を向けた。ふたりとも顔面蒼白《そうはく》で、それと共鳴するような恐怖を両目に浮かべていた。

「神よ、どうかご慈悲を。どうかご慈悲を」アタスンが言った。

しかしエンフィールドはひどく厳《いか》めしい顔をしてうなずくだけで、ひたすら黙々と歩き続けたのだった。

最後の夜

ある夜、夕食を終えたアタスンが暖炉の前で休んでいるところに、いきなりプールが訪ねてきた。

「これはプールじゃないか、いったいどうしたのかね?」アタスンは大声を出すと、改めてプールを見つめ直して言葉を続けた。「何かあったのか? 博士の具合が悪いのかね?」

「それがアタスンさま」プールが答えた。「大変なことが起こったのでございます」

「まあ座りたまえ、ほら、このワインを飲むといい」アタスンが言った。「まずは落ち着いて、思ったことを何でも言ってごらん」

「ジキル様のことは、よくご存じでしょう」プールが言った。「あのとおり、すっかり閉じこもりがちのお方です。それが近ごろまた書斎に閉じこもっておしまいになりまして、私はそのことがとても嫌なのでございます――あれを好ましく思うくらいなら、死んだほうがましというものですとも。アタスン様、私は怖いのです」

「まあ落ち着くんだ、プール」アタスンが言った。「詳しく話してごらん。いったい何が怖いというんだね？」

話す様子を見ていると、彼が本心から言っているのがよく分かった。いつもながらの物腰が悪い方向に転じており、最初に胸の恐怖を告げたとき以来、プールは断じてアタスンの顔を見ようとはしなかった。今も手にしたワイングラスに口を付けようともせず膝《ひざ》に乗せたまま床の片隅をじっと見つめ、「もうとても耐えられません」と繰り返すばかりなのである。

「よし、分かった」アタスンは言った。「とてもつらいことがあったのは伝わったよ、プール。何か極めて重大なことが起きているのだね。それを私に聞かせてはくれないか」

「どうやら人殺しがあったようなのです」プールは声をかすれさせて言った。

「人殺しだと！」アタスンはぎくりとすると、その感情に苛立《いらだ》ちを掻《か》き立てられながら声を張りあげた。「人殺しとはどういうことだ！　いったい何があった！」

「私の口からは申し上げられません」とプールは返答した。「どうか私と一緒においでになり、その目で確かめては下さいませんか？」

アタスンは答える代わりに立ち上がって帽子と外套《がいとう》を用意したが、執事の顔に深々と浮かんだ安堵《あんど》の色に、そしてそれに劣らず、彼について来るためプールが置いたワイングラスにひと口も付けられていないことに、思わず目を瞠《みは》った。

いかにも三月らしい荒涼とした夜であった。空には風に倒れたかのような蒼白《あおじろ》い上弦の月が浮かび、目を凝らさなくては見えないほどに薄い平布のような雲の残骸《ざんがい》がちぎれちぎれに飛んでいた。強風のせいでふたりは話もろくにできず、頰はまだらに赤らんでいた。通りという通りから通行人が吹き払われたかのように寂れた光景は異様ともいえるほどで、アタスンは、ロンドンのその辺りがそこまで閑散とした様子を見るのは初めてであるように感じた。逆ならばどんなによかったことか。彼はそれまでの人生で、人びとの姿を目にし、触れ合いたいと、それほどまでに強く感じたことがなかった。破滅への予感が重苦しく、彼の心を押しつぶそうとしていたのである。ようやく辿《たど》り着いた博士宅前の広場には風と土埃《つちぼこり》が吹き荒れており、庭に立つ細い木々が風に揺すられ、柵《さく》を打ち鳴らしていた。ずっと数歩ほど先を歩いていたプールが歩道のただ中で足を止めると、身を切るような寒さだというのに帽子を脱ぎ、赤いハンカチを取り出して額をぬぐった。急ぎ足でやってきたせいでかいた汗ではなく、息の詰まるような苦悶《くもん》に噴き出す汗であった。事実その顔は蒼白く、話す声はしわがれ、うろたえていた。

「さあ、ここです」プールが言った。「神よ、どうか何ごとも起こりませんように」

「アーメン、プール」とアタスンも言った。

執事がいかにも用心したように身構えてノックすると、チェーンをはめたままの扉が開き、内側から声が聞こえた。「プール、お前さんなのかい？」

「ああ、そうとも」プールが答えた。「さあ、ドアを開けておくれ」

足を踏み入れた玄関ホールは、煌々《こうこう》と明るかった。赤々と炎が立つ暖炉の周囲には使用人たちが集まり、男も女もなく羊の群れのように身を寄せ合っていた。アタスンの姿に気付くなりいつものメイドが堰《せき》を切ったように泣き出し、料理人は「ああ、神さま！　アタスン様が来て下さった！」と叫んで彼を抱きしめようと駆け寄ってきた。

「おいおい、いったい何ごとだ？　全員集まっているのか？」アタスンは腹を立てたように言った。「こんな馬鹿な話があるか、恥というものを知れ。君たちの主人も顔をしかめるぞ」

「みな怯《おび》えているのです」プールが言った。

虚《うつ》ろな沈黙が流れた。誰ひとり口を出そうとはしなかった。ただ先ほどのメイドがさらに声を張りあげ、派手に泣き喚《わめ》いただけであった。

「お黙りなさい！」プールが、苛立ったその感情の証《あかし》とばかりに語気を荒らげた。事実、若いメイドがとつぜん嘆きの悲鳴をあげた時、使用人たちはみなぎくりとして、恐ろしいできごとを予期するような顔を奥の扉へと向けたのだった。「さあ、蠟燭《ろうそく》を持ってきてくれないか。さっさと済ませてしまうとしよう」プールはそう言うと、アタスンにもついてきてくれるよう頼み、裏庭へと向かった。

「いいですか、アタスン様」プールが言った。「できるだけ足音を立てぬよう願います。私には聞こえても、あちらには聞こえないようにお気を付けください。そしてどうか、もし部屋に入るよう言われても、決してお入りになりませんように」

思いも寄らなかったこの展開に、アタスンはあわや体勢を崩して転びかけるほどに神経を強《こわ》ばらせた。しかし何とか気力を掻き集めて研究棟に入ると、木箱や空き瓶の散乱する手術室を抜け、上り階段へと辿り着いた。プールは、階段のかたわらに立って聞き耳を立てるよう、アタスンに合図をした。そして自分は燭台《しょくだい》を床に置いて傍目にも分かるほど気力を振り絞ると階段を上り、赤い羅紗《ラシャ》張りの書斎のドアを、いかにもおずおずとした手つきでノックした。

「旦那《だんな》さま、アタスン様がお目にかかりたいとのことで」プールはそう呼びかけながらもう一度大きな手振りで、聞き耳を立てるようアタスンに合図を送った。

ドアの中から「誰にも会わんと伝えてくれ」と、機嫌の悪そうな返答が聞こえた。

「おっしゃるとおりに」プールは、まるでそれ見たことかと言うような声で答えると、また燭台を手に取り裏庭を抜け、すでに火が落とされ虫が床で跳ねている、大きな台所へと入った。

「アタスン様」プールが、アタスンの目を覗《のぞ》き込んだ。「あれはご主人様のお声でしょうか？」

「ずいぶん変わったように思えるね」アタスンは蒼ざめた顔で、執事の目を見返した。

「変わった？　ええ、私もそう思います」執事が答えた。「このお屋敷に勤めてかれこれ二十年、ご主人様の声をこの私が聞き間違えたりするでしょうか？　まさか。あのお方は殺されたのです。神の御名《みな》を叫ばれるあのお声を私どもが耳にした八日前に、殺されてしまったのです。では、代わりにあそこにいるのは誰なのでしょう？　なぜあそこにいるのでしょう？　アタスン様、こんなに恐ろしいことがこの世にありましょうか！」

「何とも珍妙な話だね、プール。いや、突拍子もない話だ」アタスンは、爪を嚙《か》みながら言った。「仮に君の話してくれたとおり、ジキル博士がその……殺されたとしてだ、どんな理由がその凶漢を部屋に引き留めているのだろう？　説明がつかないじゃないか。辻褄《つじつま》の合わん話だよ」

「なるほど、アタスン様にご納得いただくのはひと仕事ではありますが、それでもお話ししてみるとしましょう」プールが言った。「ここ丸々一週間というもの（どうかお聞き下さい）人間なのか人外なのかは分かりませんが、とにかくあの書斎にいる何かは、昼も夜もなく得体の知れぬ薬を作ろうとして、それがうまくいかないものだから叫んでいるのです。これまでも時おりあのお方は――これはご主人様のことですが――注文を紙に書いて階段に放っておくことがありました。ですが、この一週間はそればかり。あるのは注文書のみで、ドアは閉ざされたままですし、食事を置いておけば人目のないうちにこっそり中に運び込むという始末なのですよ。それに毎日、それも一日に二度も三度も注文と文句を繰り返すものですから、私はその度に街じゅうの卸問屋へと薬探しに走らされるのでございます。そして注文の品を持ち帰る度に新たな紙が置いてあり、純粋な薬ではないから返してくるように、そして他の問屋から別の薬を買ってくるようにと指示されるのです。何に使われるのかは存じませんが、きっと喉《のど》から手が出るほどその薬が欲しいのでしょう」

「その紙を持っているかね？」アタスンが訊《たず》ねた。

プールがポケットの中を探ってしわくちゃになった一枚の紙を取り出すと、アタスンは蠟燭に顔を近づけてまじまじとそれを見定めた。そこには、このようなことが書かれていた。「ジキル博士よりモー商会御中。先日拝受しました試薬は不純物であり、目下の目的において使用に耐えうるものではありません。一八××年、私は貴店より相当量の同薬を購入いたしましたが、それと同等の品質のものを念入りにお探し頂き、もし在庫しておられるならば早急にお送り下さるようお願いいたします。価格は問いません。この薬品は私にとって、言葉に尽くせぬほど重要なものなのです」このように落ち着いた様子で手紙は書かれていたが、ここからはいきなり筆跡が乱れ、感情が荒れ狂うように綴《つづ》られていた。「草の根を分けてでも前と同じ薬を探し出せ」

「これは妙な手紙だな」アタスンはそう言うと、鋭い語気をプールに向けた。「なぜお前がこれを持っているんだね？」

「モー商会の者が烈火のごとく怒り狂って、まるで汚物か何かのように私に投げ返したからでございます」プールが答えた。

「これが本当にジキルの字か、お前に分かるかい？」アタスンは言葉を続けた。

「似ているように思います」執事はややむっつりとそう言うと、また声の様子を変えて言った。「しかし、誰の字かは問題ではありませんよ。私はあいつを見たんですから！」

「あいつ？」アタスンはおうむ返しに訊ねた。「あいつというのは？」

「あいつというのは、あいつですとも！」プールが言った。「こんな案配なんです。ある時、庭から研究棟にいきなり入ったことがあったのです。どうやら向こうも、薬か何かを探して部屋を抜け出してきていたのだと思いますが、書斎のドアは開けっ放しのままで、あいつは部屋の奥で木箱をあれやこれやと引っ掻《か》き回しているところでした。私が入ってきたのに気付くとあいつは顔を上げて悲鳴のようなものをあげ、階段を駆け上がって書斎に逃げ込みました。ほんのちらりと姿を見ただけですが、私の頭は鳥のように総毛立ってしまいました。アタスン様、もしあれがご主人様だったとしたなら、なぜ仮面などかぶられていたのでございましょう？　もし私のご主人様だったのなら、なぜ鼠のように悲鳴をあげ、この私を見て一目散に逃げ出したりしたのでございましょう？　私は、ずっと長いことお仕えして参りました。それなのに……」プールは言葉に詰まると、片手で顔を覆った。

「なんとも妙な話ばかりじゃないか」アタスンが言った。「だが、どうやら何か見えてきたぞ。プール、君の主人は人を苦しめ姿を変え果ててしまう、何かやましい病気にかかってしまったのかもしれない。そのせいで声もすっかり変わり、仮面をかぶって友人たちを遠のけ、癒《いや》すことはできないものかと希望にすがり必死に特効薬を探しているのだ——ああ、その願いが神に聞き届けられればいいのだが！　これが私の仮説だよ、プール。考えるだけでも悲しくなる。しかし、筋道立っていて自然だし、何もかも辻褄があう。これでこの驚天動地も解消されるというものではないかね」

「アタスン様」執事のしみだらけの顔が蒼ざめた。「あれは私の旦那様ではありません、これは確かです。ご主人様は——」そう言って辺りを見回し、囁《ささや》くように彼は続けた。「背も高く体格もご立派です。しかしあいつは、まるでおとぎ話の小人のようなのです」アタスンが遮ろうとすると、プールは声を張りあげた。「アタスン様は、二十年もお仕えしてきたこの私の目を疑うとおっしゃるんですか？　毎朝この目にしてきたご主人様の背丈が、書斎のドアのどの辺りまであるか知らないとお思いなんですか？　いいえ、あの仮面をかぶったものがジキル博士であるだなど、断じてないことです——正体が皆目分からなくとも、ジキル博士では絶対にありえません。だから私は殺人があったに違いないと、心の底から確信しているのでございます」

「プール」アタスンは答えた。「君がそう言うのなら、万事明らかにするのが私の務めというものだろう。君の主人の気持ちは尊重したいが、ジキルがまだ生きているかのようなこの手紙も不可思議だ。どうやら私がドアをやぶって押し入るしかあるまいな」

「ああ、アタスン様。ありがとうございます！」執事は叫んだ。

「さて、次の問題だ」アタスンが言葉を続けた。「誰がやるかね？」

「私とアタスン様をおいて、他におりますまい」プールは頼もしい返事をよこした。

「よく言った」アタスンが応じた。「たとえどんなことが起ころうとも、私は断じてお前に泣きを見せたりはしないよ」

「解剖室に斧《おの》がございます」プールが続けた。「アタスン様は護身用に、台所の火かき棒をお持ちください」

アタスンは粗雑だがずっしりとした火かき棒を手に取ると、握りを確かめて言った。「プール、分かっていると思うが、我々は今から危険の中に飛び込もうとしているんだからね」

「重々おっしゃるとおりでございます、アタスン様」執事がうなずいた。

「互いに話していないことがあるだろうし、今のうちにすっかり打ち明けてしまうとしよう。その仮面の男とやらに、君は見覚えはあったのか？」

「それが、何しろあっという間に部屋に入ってしまったうえに、低く身をかがめていたものですから、はっきりとは」執事が答えた。「ですが、もしそれがハイドだったかとお訊ねになりたいのでしたら、ええ、確かにそうだったと思います！　体の大きさも同じくらいでしたし、素早い、軽々とした身のこなしも一緒です。それに、研究棟のドアを開けられる者など他に誰がいましょうか？　例の殺人事件の時にはまだあの男が鍵《かぎ》を持っていたのを、アタスン様も憶《おぼ》えておいででしょう？　しかし、それだけではありませんとも。アタスン様、ハイドにお会いになったことは？」

「ああ、あるよ」アタスンは答えた。「一度だけ話をしたからね」

「ならば私どもと同じように、あの男にはどこか異様なものが——人をぎょっとさせるようなものが——あるのをご存じでしょう。うまく言葉にこそできませんが、心の底から感じるぞくぞくとした悪寒のようなものが」

「お前が言うとおりのものを、私も確かに感じたよ」アタスンが言った。

「やはりそうでしょう」プールがうなずいた。「あの仮面をつけた猿のような者が薬品の間から飛び出して書斎に駆け込むのを見た時には、私もそれを感じましたとも。ええ、アタスンさま、そんなものは何の証拠にもならないのは存じていますよ。本を読んで重々承知しておりますとも。しかし人には、直感というものがあるものです。聖書に誓って、あれはハイドでしたよ！」

「そうかそうか」アタスンは言った。「私もまさにそこを恐れていたんだよ。ふたりの持つ繋《つな》がりから必然的に起こった禍《わざわい》なのだ。ああ、お前の言うとおりに違いない。可哀想に、ハリーは殺されたのだ。そして殺人者は（何が目的かは皆目分からないが）まだハリーの部屋に居座っている。さあ、復讐《ふくしゅう》しなくては。ブラッドショーを呼んできてくれ」

馬丁のブラッドショーは呼ばれるやいなや、蒼白い顔をして、神経を張り詰めさせた様子でやってきた。

「ブラッドショー、しっかりするんだ」アタスンは声をかけた。「お前たちがみな不安に押しつぶされそうなのは理解しているが、今こそ、それに片を付けてしまわなくてはいけない。ここにいるプールと私で、何としても書斎に押し入る。すべてが取り越し苦労だった時には、私が全責任を負おう。だが、どんな不測の事態も起こりえるし、犯人が裏口から脱走を図るとも限らない。そこでブラッドショー、君には手伝いの少年と一緒に頑丈な棒をそれぞれ持って、そこを曲がった研究棟の戸口で待ち構えていていてほしい。今から十分以内に持ち場についてくれたまえ」

ブラッドショーが行ってしまうと、アタスンは懐中時計に目をやった。「さてとプール、私たちも準備に取りかかるとしよう」彼はそう言って火かき棒を脇に抱え、さっそく裏庭へと出ていった。ちぎれ雲が月にかかり、あたりは深い暗闇に沈んでいた。深い井戸のように囲まれた裏庭にもかすかに風が舞い込んできた。ふたりは風に揺れる蠟燭《ろうそく》の炎に足元を照らされながら解剖室の物陰に辿《たど》り着き、そこでじっと座り込んで待機した。ロンドンの街は重苦しい唸《うな》りを四方からあげていたがふたりの周囲はひっそりと静まり返っており、その静寂を破るのは、書斎をうろうろと歩き回る足音ばかりなのであった。

「ああして日がな一日歩き回っているのです」プールが囁いた。「夜更けまでずっとなんですよ。薬問屋から新しい試薬が届いた時だけは、しばらくやむのですがね。ああ、あんなに休まらないのも、良心の呵責《かしやく》からでございましょう！　ああ、あの一歩一歩から汚らわしい血が染み出しているのでございます！　さあ、もう一度耳をおすましになり、よくよくお聞きになってくださいまし。アタスン様、あれはご主人の足音なのでしょうか？」

軽く奇妙なその足音はゆっくりではあるものの、確かに規則的に響いていた。ヘンリー・ジキルの重々しく床を軋《きし》ませる足音とは、明らかに違っている。アタスンはため息をつくと、「他に何か気付いたことはあるかね?」と訊《たず》ねた。

プールはその言葉にうなずくと「一度だけ、一度だけ泣き声を耳にしました!」と答えた。

「泣き声? どんな泣き声だね?」アタスンは、やにわに恐怖の寒気に貫かれて言った。

「女か、はたまた亡霊かのような泣き声でした」執事は答えた。「その場を立ち去っても心に付きまとい、私まで泣き出してしまいそうでした」

先ほど決めた十分が近づいてきていた。プールは荷造り用に積まれた藁《わら》の下から斧を取り出した。今から始まる襲撃に備え、燭台《しょくだい》はいちばん近くのテーブルに置かれている。ふたりは息を潜めると、夜の静寂《しじま》の中でしつこく行き来を続けている足音のほうへと近づいていった。「ジキル」アタスンが大声で呼びかけた。「私を中に入れるんだ」そう言って返事を待ったが、しばらくしても言葉は返ってこなかった。「警告しておくぞ。私たちはみな、疑念を抱いている。私は君に会わねばならんし、そうするつもりだ」息を吸い込み、先を続ける。「大人しく開けてもらえなければ、その時はしょうがない――同意してもらえんのなら、力ずくでそうするまでだ！」

「アタスン」内側から声が聞こえた。「お願いだから、どうか容赦してくれ！」

「おお、これはジキルの声じゃない――ハイドの声だ！」アタスンが悲鳴をあげた。

「プール、押し入るぞ！」

　プールが高々と斧を振り上げた。振り下ろした衝撃が建物を震わせ、赤い羅紗《ラシャ》張りのドアが鍵と蝶番《ちようつがい》を震わせて跳ね上がった。震え上がった動物のような身の毛もよだつ悲鳴が、書斎から響き渡った。斧がまた振り下ろされ、ドアが割れ、扉枠が振動した。プールは四度も斧を振り下ろしたが、板材は固く、それを取り付ける金具も見事なほどに頑丈そのものであった。五回目を振り下ろすとようやく鍵が弾《はじ》け、内側に敷かれた絨毯《じゆうたん》の上にドアが吹き飛んだ。

　ふたりの闖入《ちんにゆう》者は自らの暴挙とそれに続く静寂に呆然《ぼうぜん》とし、思わず尻込《しりご》みして室内を覗《のぞ》き込んだ。ひっそりと照らすランプの灯《あか》りに、書斎の情景が浮き上がった。暖炉で音を立てて赤々と燃える炎と、か細く唄《うた》うやかん。引き出しがいくつか開いており、仕事机の上には何枚もの書類が几帳面《きちようめん》に並べられていた。暖炉のそばには、紅茶道具が揃えられていた。薬品類がずらりと並んだガラス張りの戸棚を除けば、その夜ロンドンでもっともありきたりな部屋に思えたかもしれない。

書斎の中央に、無惨によじれたままぴくぴくと痙攣《けいれん》を続けながら、男の肉体がひとつ転がっていた。ふたりはおそるおそる近づき仰向《あおむ》けにそれをひっくり返すと、エドワード・ハイドの顔を見つめた。彼は自分の体にはおよそぶかぶかの、ちょうどジキルにぴったりの服に身を包んでいた。消え入りそうな命の残滓《ざんし》で顔に刻まれた皺《しわ》が蠢《うごめ》いていたが、もう息は絶えていた。手に握り締めた割れた瓶と辺りに漂うアーモンド臭からアタスンは、自分の目の前に横たわるのは自殺者の骸《むくろ》なのだと理解した。

「ひと足遅かった。これでは、救いも罰しもできない」アタスンが険しい声で言った。「ハイドは死んでしまった。私たちに残されたのは、君の主人の亡骸《なきがら》を探すことだけだよ」

この建物は、頭上に明かり取りのついた解剖室が一階のほとんど、そして裏庭を見下ろすように棟の端に作られた書斎が二階を占めており、他にはほとんど何もない。一本の通路が解剖室と例の通りに面した扉をつないでおり、そこからまた別の階段を通って書斎へとのぼることもできた。他には暗い小部屋がいくつかと、広々とした地下室があった。ふたりはそれらを、隅から隅までくまなく捜索した。小部屋はどれも、ひょいと覗き込むだけで十分にことたりた。どの部屋も何もない空き部屋だったし、ドアを開けたときに埃《ほこり》が舞い落ちてくるのを見れば、長いこと締め切られていたのは考えるまでもなかったからだ。地下室はというとおびただしい量のがらくたで満たされていた。ほとんどは、ジキルの前にここを所有していた外科医が残していったものである。だがドアを開けてみれば、ここを探したところで徒労であるのは明白だった。長年にわたり戸口をふさいでいた巨大な蜘蛛《くも》の巣が、ほころびひとつないままかかっていたのである。どこを探しても、ヘンリー・ジキルの生死へと続く痕跡《こんせき》は何ひとつ見つからないのだった。

プールは廊下の敷石を踏み鳴らすとその音に耳を傾けながら「きっと、ここに埋められてしまったのに違いありません」と言った。

「でなければ、うまいこと逃げおおせたか」アタスンはそう言うと後ろを振り向き、通りに面した扉を眺め回した。施錠されていたが、すぐそばの敷石の上に鍵が落ちているのにふたりは気付いた。すっかり錆《さ》び付いている。

「こいつはもう使えなそうだな」アタスンはしげしげと鍵を眺めた。

「使えるも何も！」プールが言った。「壊れてしまっているではございませんか。まるで何者かに踏みつけられたみたいですな」

「そのようだ」アタスンがうなずいた。「欠けたところもすっかり錆びている」ふたりは、恐ろしげに顔を見合わせた。「プール、これ以上私にはどうしようもない。書斎に戻ってみよう」アタスンが言った。

ふたりは黙りこくったまま階段をのぼると、時おりびくびくと死体に目をやりながら、書斎の中を先ほどよりも入念に調べあげていった。机のひとつには化学実験を行った形跡が残されていた。まるでふたりが押し入る直前までこの哀れな男が実験を行っていたことを物語るかのように、塩のような白い粉がそれぞれ違う分量ずつ量られたガラスの皿が並んでいた。

「私がいつもお届けしていたのと同じ薬ですな」プールが言うやいなや、やかんが吹きこぼれる音がして、ふたりは飛び上がった。

音に引き寄せられて暖炉に近づいてみると、心地よく暖気のあたるところに安楽椅子が寄せて置かれてあり、座ったまま手を伸ばせば届くところに紅茶の道具が用意されていた。カップには、砂糖まで入っている。棚には、何冊か本が並べられていた。紅茶道具の隣に開きっぱなしにされた一冊の本を見て、アタスンは目を瞠《みは》った。ジキルが何度か熱弁を振るって讃《たた》えていた宗教書だったのだが、彼自身の筆跡で、恐ろしいような冒瀆《ぼうとく》の言葉が書き加えられていたからである。

さらに室内の捜索を続けたふたりは姿見の前まで差しかかると、不意におののきながらそれを覗き込んだ。しかし姿見は傾けられており、天井を照らす薔薇色《ばらいろ》の光と、ガラス張りの戸棚の表面に絶え間なく踊る暖炉の炎と、それを覗き込む恐怖に蒼《あお》ざめたふたりの顔が映るばかりなのだった。

「きっとこの鏡は、さぞかしいろいろと面妖《めんよう》なものを見てきたことでしょうな」プールが声を潜めて言った。

「だが、この鏡よりも面妖なものが他にあるかね」アタスンも、同じように声を殺して答えた。「いったいジキルはなぜ――」彼は言いかけた自分の言葉にぎくりとして言葉を止めたが、やがて臆病《おくびょう》さを振り払い「ジキルはいったいこの鏡で何をしようとしていたのだろう？」と言った。

「まったく同感でございます！」プールが言った。

次にふたりは、仕事机へと歩み寄った。机の上には整然と書類が並べられており、その上に大きな封筒が一枚置かれていた。表にはジキルの字でアタスンの名前が書いてある。アタスンがそれを開封すると、中から何枚かの書類が床に抜け落ちた。一枚目は遺言状だった。半年前に彼が突き返したのと同じ突飛な条項が並べられており、死亡の際には遺書となり、失踪《しっそう》の場合には譲渡証となる書類である。しかし、以前はエドワード・ハイドの名が記されていた箇所を見て、アタスンは目を丸くして驚いた。そこには、ガブリエル・ジョン・アタスンの名が書き込まれていたのである。彼はプールの顔を見ると再び書類へと視線を戻し、それから絨毯の上に転がる殺人者の骸《むくろ》を見やった。

「どうもわけが分からなくなってきたぞ」アタスンが言った。「この男は、もう何日もこの遺言状を手にしていた。私を気に入る理由などこいつにはひとつもないはずだった。名前が書き換えられているのを見て、怒り狂ったに違いない。だというのに、この遺言状を処分していないのだ」

次の書類を手に取るとジキルの書いた文字が並び、いちばん上に日付が記されていた。「これは驚いたぞ、プール!」アタスンが声を張りあげた。「ジキルは今日まで生きてここにいたんだ。こんな短時間で死体を処分することなどできるはずもないし、これはまだ生きているに違いないぞ。きっと逃げ延びたんだ! だがしかし、なぜ逃げたりするものかね? それにどうやって? そして生きているとするなら、果たしてこれを自殺だと断じていいものだろうか? うむ、これは慎重にならなくてはな。ともすれば、お前の主人を身の破滅に追い込んでしまうことにもなりかねないからね」

「アタスン様、まずはそれをお読みになられては?」プールが言った。

「読むのが恐ろしいんだよ」アタスンは重苦しい声で答えた。「神よ、どうか私の恐れなど杞憂《きゆう》でありますように！」アタスンはそう言うと手紙を目の高さに掲げ、読みはじめた。

「親愛なるアタスン――この手紙を君が目にする頃、僕はもう消えてしまっていることだろう。果たしてどのような状況でそうなるのかは、予知能力のない僕には分からない。だがこの直感と、僕が身を置いている言葉に尽くせぬこの状況のすべてが、終末の時がすぐそこに、確かに迫っていることを告げているのだよ。まずは、ラニヨンが君の手に託すと言っていた手紙を読んではくれないか。そして、さらに詳しいことが知りたければ、僕の告白を読んでほしい。

ヘンリー・ジキル」

君には不釣り合いな不幸なる友人

「もうひとつ中身があったと思うが？」アタスンが言った。

「ええ、こちらにございます」プールはそう言うと、何カ所かに封をされた分厚い包みを手渡した。

アタスンはそれをポケットにしまい込んだ。「この包みについては、私は無言を貫くとしよう。お前の主人が逃げたか命を落としたかはともかく、少なくとも彼の名誉に傷をつけたくはないからね。さあ、もう十時になる。私はひとまず家に帰って、この書類をくまなく読んでみなくては。夜更けには戻ってくるから、その時に警察署に遣いを出すとしよう」

解剖室のドアに鍵をかけて、ふたりは表に出た。そしてアタスンは玄関ホールの暖炉に集った使用人たちをまたその場に残し、謎の真相を明かしてくれる二通の書簡を読むために、重たい足取りで事務所へと引き返していったのだった。

ラニョン博士の手記

四日前の一月九日、夜の配達で一通の書留を受け取った。同業者でありかつての同窓生でもあるヘンリー・ジキルの字で宛名《あてな》が記されていた。私たちには手紙でやり取りする習慣など無かったので、これには心底驚いた。前夜には直接会って夕食をともにしたばかりなのである。今さらかしこまって書留で伝えるようなことがあるなど、私には思いも寄らないことだった。だが、開封してみて私はなおさら驚かされた。次のような手紙がしまわれていたからである。

一八××年十二月十日

親愛なるラニョン——君は、もっとも付き合いの長い友人のひとりだ。たまには科学的なことで意見を違えこそしたが、すくなくとも私のほうは、この友情を危ぶんだことなどありはしない。もし君に「ジキル、僕の命を、名誉を、正気を守ってくれるのは君しかいない」と言われれば、僕は自分の左手を切り落としたって構うものか。そう思わない日は、一日たりともありはしないよ。ラニョン、僕の命と名誉、そして正気は、すべて君の慈悲にかかっている。もし今夜君に見放されたら、僕は破滅してしまうのだ。こんなことを先に書けば、きっと何か浅ましい頼みでもあるのではないかと思われるかもしれない。そこは、君の判断に任せたい。

今夜の君の予定は、すべて延期してくれないか――たとえ病にふせる皇帝の褥《しとね》に呼ばれていたとしてもだよ。家の前に自分の馬車を待たせていないのであれば辻《つじ》馬車を拾い、確認用にこの手紙を持ってすぐに僕の自宅に来てほしい。執事のプールには指示を与え、錠前屋と一緒に君の到着を待たせておく。到着後に錠前屋が僕の書斎の鍵《かぎ》を壊したら、君にはひとりで中に入り、左手にあるガラス棚（Eの棚だ）を開けてほしい。もし鍵が閉まっていたら、壊してもらって構わない。そうしたら、上から四番目、もしくは（同じことだが）下から三番目の引き出しを、中身をすべて入れたまま引き抜いてくれたまえ。今は何しろ心を悩ましているものだから、間違った手順を教えてしまうのではないかと心底ひやひやしているが、たとえ間違いをここに書いてしまったとしても、君に引き出しの中身を見てもらえれば間違いない。粉薬がいくらか、薬瓶《バイアル》が一本、そしてノートが一冊入っている。どうかその中身ごと引き出しを、カヴェンディッシュ・スクエアにある君の自宅に持ち帰ってほしいのだ。

ここまでが頼みごとの第一部。続いて第二部だ。この手紙を見てすぐ出発すれば日付が変わるずいぶん前に自宅に帰り着くことになるはずだが、この余裕は君に残しておきたい。これは、防ぐことも予測することもできない障害が持ち上がるかもしれないからでもあり、あとの仕事をしてもらうには君の使用人たちが寝静まって一時間ほど取れたほうが好ましいからでもある。午前零時になったら、ひとりで君の診察室にいてほしい。ある男が訪ねていって僕の名前を言うからそれを家に招き入れ、君が僕の書斎から持ち帰ることになっている引き出しを彼に渡してほしいのだ。それで君の役目は完了し、僕にとって無上の感謝の的となるわけだよ。すべての理由を知りたければ、その後五分も経てば、君にもこの手順のひとつひとつがいかに重大なのか理解してもらうことができるはずだ。どんなに奇想天外なことに思えようとも、どれかひとつでもないがしろにしてしまえば、君は私の死か正気の崩壊に対して深い罪悪感を抱くことになるだろう。

君が僕の頼みを適当に投げ出すような男でないのはよく分かっているが、そんな事態を想像すると、僕の胸は沈み、手は震えるのだ。どうか今この時、どこか見知らぬ場所で、想像を絶するような苦悩の闇に囚《とら》われ、もがいている私の姿を想い描いてみてほしい。そして、君が僕の指示をきちんと果たしてくれさえすれば、僕の抱えた問題など語られた物語のごとく消え去ってしまうのだということを、胸に刻んでおいてほしいのだ。親愛なるラニョン、どうか僕の言うとおりにして、守ってほしい

君の友を　H・J

追伸——手紙に封をしてしまってから、僕は新しい恐怖に魂を貫かれた。もしかして郵便局の手違いにより、この手紙が明日の朝まで君に届かない可能性もあるのだ。ラニョン、もしそうなってしまったとしても、明日君にとってもっとも都合のいい時を選んで僕の頼みごとを実行し、同じく深夜に訪れる僕の遣いの者を待ってほしいのだよ。もしかしたらその時にはもう、すっかり手遅れになっているかもしれない。もし何ごとも起こらず夜が明けたとしたならば、もはやヘンリー・ジキルが最期を迎えた証《あかし》なのだと思ってくれたまえ。

私はこの手紙を読み終えると、ジキルは気が触れてしまったのだと確信したが、ともあれそれが単なる疑惑ではないのだという確証が得られるまでは、言われたとおりのことを実行すべきだと考えた。この混沌《こんとん》の正体がすこしも掴《つか》めぬということは、事態がいかに重大なのかを判断することができぬということ。それに、こうもひたむきに言葉を尽くした訴えを無下にしたのでは、はなはだしく義理に欠けるというものではないか。そう思い立つと私はテーブルを後にし、辻馬車に乗り込んでジキル宅へと飛ばさせた。執事が私の到着を待っていた。彼も手順が記された書留を同じ配達で受け取り、手際よく錠前屋と大工の手配を済ませていた。私たちがまだ話をしている間に職人たちが到着したので、我々は全員で、ジキルの書斎に入るのにもっとも便利な（君もご存じの通りだと思うが）故デンマン博士の解剖室へと入った。書斎のドアはとても丈夫で、頑丈な錠前がついていた。大工は、もし力《ちから》ずくでこじ開けるなら大仕事になるうえにドアも無事では済まないと言うし、錠前屋はほとんどお手上げといった顔をしていた。しかしこの錠前屋がなかなかにできる男で、二時間も格闘したのちに、ついにドアを開けてしまったのである。Eと記されたガラス棚は施錠されていなかったので、私は引き出しを抜き取ると藁《わら》を詰めて布にくるんで縛り、カヴェンディッシュ・スクエアへと持ち帰った。

私は、引き出しの内容物の調査に取りかかった。粉薬はきちんと薬包されていたが薬剤師が包んだにしてはお粗末で、ジキルが自らの手でそうしたのは考えるまでもなかった。ためしに包みをひとつ開いてみると、中身は単なる白い結晶塩であるように私には見えた。次に薬瓶《バイアル》へと注意を向けてみると、半分ほどのところまで血のように赤い液薬が入っていた。嗅覚《きゅうかく》を突く強烈な刺激臭からして、燐《りん》と揮発性のエーテルか何かが含まれているようだ。他の成分については、見当もつかなかった。ノートはごくありきたりの代物で、日付が並んでいるのを除けば、ろくろく何も書かれていなかった。日付は何年分にもわたって記されていたが、およそ一年前に、いきなり終わっていた。あちこちの日付には簡単な書き込みが付けられていたが、そのほとんどは単語ひとつのみであり、総計数百ものそうした書き込みの中に「倍量」という言葉がおそらく六度ほど見受けられた。また、日付のもっとも古いあたりには「大失敗!!!」と、感嘆符が並んだ書き込みがいくつかなされていた。どれもこれも興味深いものばかりだったが、はっきりしたことは皆目分からなかった。チンキ剤らしきものが入った薬瓶《バイアル》と、薬包紙に包まれた結晶塩、そして結局（ジキルの研究は決まってそうなのだが）ものの役にも立たなかった一連の実験記録。こんなものが私の家にあるからといって、あの奇妙な同業者の名誉や正気や人生に、いったいどんな関係があるというのだろう？　遣いの男にしてもここに来られるのであれば、あっちにも行けばよいではないか？　何か厄介な理由があるにせよ、なぜその男はわざわざ人目を忍んで私のところに来なくてはならないのか？　悩めば悩むほど、私は大脳疾患の患者を相手にしているのだという気持ちを確かにしていった。そこで使用人たちを寝《やす》ませると、護身に必要になった時にそなえて古い回転《リボ》式《ル》拳《バ》銃《ー》に弾をこめたのだった。

午前零時を告げる鐘がロンドンに鳴り渡るとすぐ、玄関のノッカーがそっと音を立てた。私が自分で迎えに出ると、玄関ポーチの柱にもたれてひとりの小男がうずくまっていた。

「ジキル博士に言われてきたのだね？」私は訊ねた。

男はぎくしゃくとした身振りで「そうだ」と告げたが、私が中に入るよう促してもそれには従わずにひとまず振り返り、背後の広場を覆う暗闇をその眼差《まなざ》しで探った。そう遠くないところから、カンテラを手にした警官がひとり歩いてくる。それを見るや客人はぎくりとおののき、大いに慌てふためいたように私には思えた。

私には男の取る一挙一動がはっきり言って不快に感じられ、男に続いて明々と灯《あか》りのついた診察室に入っても、いつでも抜けるよう拳銃《けんじゅう》に手をかけていた。ここでようやく、男の姿がはっきりと見て取れた。確かに、一度も会ったことのない男だった。書いたとおり、小柄である。しかしそれより特筆すべきは、身の毛もよだつような表情と、隆々たる筋肉の動きといびつな肉体との一種異様な組み合わせと、そして――これを書かないわけにはいかない――となりに立っていると私の胸の中に湧き起こる怪しげなざわめきであった。悪寒の始まりにも似たような感覚で、著しい脈拍の低下を伴うのである。その場では、私個人の持つ体質や嫌悪感によるものと思い込み、そうした症状が一斉に発露したことに首をひねるばかりであった。その時はまだ、原因は嫌悪の原理などではなく、人間の本質の遥《はる》かな深みに横たわる、もっと崇高な原則にあったのだと確信できなかったのである。

この男（入ってくるやいなや、気分の悪い好奇心としか説明しようのない気持ちを私に抱かせた男）は、普通の人が見ればまず笑い出さずにいられないような装いをしていた。服そのものは上等かつ上品な生地で仕立てられてこそいたものの、どこを取っても彼の体にはよほど大きすぎた――だらしなく垂れ下がったズボンは地面に引きずらないよう裾《すそ》をまくり上げられているし、上着の腰は尻《しり》の下にまできているし、襟は両肩に届くほどぶかぶかに広がっているのである。妙なことだが、この馬鹿げたいでたちを見ても、私は笑い出したりする気にはならなかった。今自分と向き合っているこの生物が持つ神髄にある異常かつ不具な何か――視線を引き付け、驚かせ、嫌悪を抱かせる何か――は、この目新しいほどに不細工な服装によく馴染《なじ》み、際立っていたのである。私は自《おの》ずと、男の性根や性格にのみならず、出自、人生、財産、社会的地位にまで興味を掻《か》き立てられた。

どうしても綴《つづ》ると長々になってしまうが、こうした考えが浮かんだのはものの数秒のうちのことだ。客人は、悲痛な興奮を覚えてすっかり焦っていた。

「例のものはどこだ？　例のものはどこだ？」彼はそう叫ぶと返事すら待ちきれない顔をして、あまつさえ私の腕に手をかけて揺さぶる素振りを見せた。

手を触れられたと感じた途端、血管に凍《い》てつくような痛みが走った思いがして、私は彼を突き放した。そして「おいおい、まだ初対面の挨拶《あいさつ》も済ませていないじゃないか。まずは落ち着いて、腰かけたらどうなのかね」と言うと、普段どおりに患者と向き合うような態度を演じつつ、自ら先にいつもの椅子に座ってみせた。夜もふけ、偏見に囚われ、客人に恐怖を覚えていた私にとって、これは容易なことではなかった。

「これは不躾《ぶしつけ》をいたした、ラニョン先生」男はしごく丁重に答えた。「まったくもって、おっしゃるとおりだ。焦りのあまり、うっかり無礼を働いてしまったよ。私がここにきたのは、先生とはご同業のヘンリー・ジキル博士からのお求めにより、とある急務を果たすためなのだ。急務というのは……」男はそう言うと喋《しゃべ》るのをやめて、片手で喉《のど》を押さえた。冷静なその様子とは裏腹に、高まりつつあるヒステリー発作を必死に抑え込もうとしているのが私には見て取れた。「いうのは……引き出しが……」

私は、苦しげな客人が哀れに思えてきた。おそらくは、胸に膨らみ続ける好奇心のせいだったのだろう。

「あそこにあるよ」私はテーブルの向こうで包んだまま床に置かれている引き出しを指差してみせた。

男はそちらに飛び出すとはたと足を止め、心臓のあたりを手で押さえた。あごが引きつけをおこし、歯がぎりりと鳴った。恐ろしいほどに蒼《あお》ざめたその顔を見て、私は彼が死ぬか狂うかしてしまうのではないかと不安になった。

「落ち着くんだ」私は声をかけた。

彼はぞっとするような笑みを私に向けると、決死の覚悟をしたように布を引き剝《は》がした。中身を確かめた男は強烈な安堵《あんど》のあまり大きな泣き声をあげた。私は座ったまま呆気《あっけ》に取られていた。男はもう次の瞬間にはすっかり落ち着きを取り戻したような声で、「メートルグラスをお持ちではないかな？」と訊ねた。

私はどうにか椅子を立つと、言われたものを渡してやった。

彼は笑顔でうなずきながら礼を言うと赤いチンキ剤をわずかにメートルグラスへと移し、粉薬の包みをひとつ解いてそこに加えた。混ざり合った薬品は初めのうち赤みを帯びていたが結晶が溶けるにつれて明るみを増し、やがてぶつぶつと音を発して沸騰しだすと、今度は小さく湯気が立ちのぼりはじめた。するとその瞬間に沸騰が収まり化合物は暗い紫色へと変色し、さらにゆっくりと時間をかけて淡い緑色へと変わっていった。変容の一部始終を熱心に観察していた客人は笑顔を覗《のぞ》かせてメートルグラスを机に置くと、私の顔を振り向きまじまじと見つめた。

「さてと」男が言った。「これからどうなさるかね？　賢明な選択を取るかね？　それとも導かれるに任せるかね？　このメートルグラスを手に出ていく私を何も言わずに見送るか、もしくは好奇心が生み出す強欲に屈するか。いずれにせよ君の決めたとおりになるわけだが、答えるのはよくよく考えてからにしたまえ。決断次第では、君にはこれまでどおり、何も起こりはしない。瀕死《ひんし》の苦しみの渦中から男を救ったことで、魂がいくらか豊かになったとすることもできるかもしれないが、今より金持ちにも賢くもなりはしない。だが選択によっては新たな知識の領域が、名誉と権力へと続くいくつもの新たな道が、今まさにここで、この部屋で拓《ひら》けることになる。魔王の不信心もぐらつくほどの驚異を見れば、君は目もくらむことだろうさ」

「ちょっと言わせてくれたまえ」私は、持ち合わせもしない冷静さを装うと言った。「君の話は不可解なことばかりだ。だから、私がとても信じる気にはなれんと言っても君は意外には思わんだろうね。だが、訳の分からん手伝いをここまでしてしまったからには、結末を見届けずに手を引くわけにはいかん」

「いいだろう」客人が言った。「ラニヨン、医師の誓いを思い出せ。これから起こるできごとは、私たちの職業的秘密になっていることだ。さて、君は長きにわたり偏屈で物質的な価値観に囚《とら》われ、超常的な薬の力を否定し、己より優れた人びとを冷笑してきた――しかし、見よ!」

彼はメートルグラスに口をつけると、ひと息に中身を飲み干した。続いて、叫び声が響き渡った。男はふらふらとよろめき机の縁《へり》を掴《つか》んで身を支えると、血走った目を見開きながらがばりと開けた口で喘《あえ》いだ。私の目の前で、変化が起こった。私にはそう見えた。体が膨れあがり、顔がみるみる黒く変色し、面相が溶けて変容していったのである。そして次の瞬間、私は飛び上がると背後の壁へと飛び退き、この化け物から身を守ろうと両腕を挙げた。心はもう恐怖のどん底に沈んでいた。「おお、神よ！」私は叫んだ。「おお、神よ！」何度も何度も叫んだ。私の目の前にいたのは——蒼ざめた顔をして打ち震え、意識をもうろうとさせながら、まるであの世から蘇《よみがえ》ったばかりのように両手で目の前を手探りしていたのは——あのヘンリー・ジキルだったのだ！

彼はそれから一時間いろいろと話してくれたが、それをここに書く気にはなれない。目にしたことも、耳にしたことも現実であり、そのせいで私は魂を病んでしまった。だが、あの光景が目の前から消え去った今、あれを信じるのかと自問しても、私には答えが見つからない。人生を根底から揺すぶられ、眠ることができなくなり、あの最凶の恐怖が昼も夜もなく私に付きまとい続けるのだ。残された日々は少なく、自分は死んでしまうのだと分かった。信じられぬ気持ちのまま死んでしまうのだと。あの男が悔恨の涙さえ流して語った不道徳な行いのことは、思い出すだけでもこの身に戦慄《せんりつ》が走る。アタスン、たったひとつだけ言いたいことがあるのだが、（君が信じてくれさえするのなら）私にはそれで十分だ。ジキルの打ち明けた話によれば、あの夜に人目を忍んで私の家にやってきたあの怪物は、ハイドという名で知られているという。カルー殺害犯として、全土に指名手配されている男だよ。
ヘイスティ・ラニヨン

ヘンリー・ジキルによる本件に関する全告白

一八××年、私はすこぶる裕福な家に生まれた。才気煥発《さいきかんぱつ》で生まれつき勤勉なたち。仲間内でも知識と善良さを持つ人びとの尊敬を求め、それを楽しみとして育った。そんな私を見て人びとは、名誉と栄光の将来が約束されているものと思ったろう。だが私にはあれこれと至らぬところもあり、中でも無性に快楽を欲して我慢できぬのが最大の欠点であった。そんな性質により幸福になる者も多くいたことであろうが、私の場合には、偉ぶりたい、公衆の面前では並ならぬ重い威厳を装いたいという高慢な欲求があり、それと本来の性格との折り合いをつけるのはとても難しいことであった。そこで私は享楽への欲望を隠すようになり、やがて人生を顧みるような歳になって周囲を見回し、自らの進歩や立場を鑑《かんが》みる頃には、すでにいかんともしがたい二重生活の深みに落ちていたのである。同じような不埒《ふらち》を働いても多くの者はそれをひけらかしたことであろうが、私は自らに課した崇高な価値観に照らしてそれらを病的ともいえるほどに恥ずかしみ、ひた隠しにしたのだった。そのように私は、欠点が持つ何らかの悪化作用ゆえではなく、むしろ生来の確固たる理想ゆえに、今の私のような人物になったのである。そして善と悪の領域に横たわり、人間の持つ二面性を分かち、結びつける溝が大多数の人びとよりもずっと深くならざるをえなかったのも、この理想のせいであった。だから私は、宗教の神髄に据えられ最も多くの苦悩を生み出す源のひとつにもなっている、過酷なる人生の法というものについて、よくよく念入りに思案せずにはいられなかった。私は完全なる二重人格者ではあったが、いかなる意味においても偽善者ではなく、どちらの私も心より真面目だった。自らを抑えられずに恥辱に堕《お》ちた私も、白日のもとで知識を蓄えたり人の悲哀や苦難の救済に励んだりする私も、どちらも等しく私自身だったのだ。そして、私の科学的研究の方向性がたまさか神秘的かつ超常的な道筋に向いていたことは幸いだった。この研究が、私の中で続く絶え間ない善悪の闘争に反応し、強い光を当ててくれたからである。私は日々、道徳と知性という両面からすこしずつ、この身に恐るべき破滅を運命づけたあの真実へと——人間は一者ではなく二者から成るものである、という真実へと近づきつつあった。あえて二者と書くのは、現在私の知識ではそれ以上のことが言えないからである。いずれ誰かが私と同じ研究を追い求め、追い越してゆくだろう。あえて私の推論を書かせてもらうが、人間は最終的に、多種多様かつ調和することのない独立した居住者たちの単なる集合体として認知されるようになるだろう。私はといえば生まれ持った性分から、ひとつの方向のみを、ただひとつの方向のみを目指して邁進《まいしん》してきた。その結果、私は道徳的側面と私自身の内面に、人間が持つ完全かつ根源的な二重性を見出《みいだ》すに至ったのだった。そして、私は気付いたのだ。この意識の中でせめぎ合うふたつの本質のどちらが本当の自分なのかをはっきりと把握できるのだとしたら、それは根本的に私がその両者だからに過ぎないのだと。私はずっと昔、まだ自分の科学的発見がこのような奇跡の可能性を示すよりも遥《はる》かに昔から、善と悪の分裂という考えをこよなく愛し、愛する白日夢として耽《ふけ》るようになっていた。私は自分に問いかけた。もしそれぞれの人格を別の肉体に棲《す》まわせることができたなら、人生はあらゆる堪え難き苦しみから解放されるのではないだろうかと。悪しき人格は清らかなる双子のかたわれが抱く大志や自責の念から自由になり、好きに生きていけるようになるだろう。そして善の人格は自らが歓《よろこ》びとする善行を積みながら、己とは相容《あいい》れぬ悪の人格がもたらす恥辱や悔恨にさらされることもなく、一心に、脇目も振らずに気高き道を歩んでいくことができるだろう。この、互いに調和することのない二本の薪《たきぎ》がひとつにくくりつけられていることこそ――苦しみに満ちた意識の子宮の中で両極端の双子が延々とせめぎ合いを続けなくてはならないことこそ、人類にかけられた呪いなのである。しかし、いったいどうすればこの両者を分離させることができるのだろう？

そんな考えにすっかり囚われていた時に実験室の机から、先述した光がこの問題へと射してきたのだった。その光により私は、衣服を着けて歩き回る一見堅牢《けんろう》なこの肉体とは非物質的な揺らめきであり、霧のように儚《はかな》いものなのであるということについて、これまで示されてきたよりも深々と理解したのである。その理解から私は、さながら風が大きなテントの幕をまくり上げるかのように、肉の衣を揺さぶり引き剝《は》がす力を持つ化学物質を発見したのである。しかし、この告白においては、科学的な話に深く触れることは控えさせていただく。それには、正当な理由がふたつある。第一の理由は、運命や人生の重荷というものは永遠に人の両肩から降ろすことができぬものであり、それを振り落とそうと試みたところで、さらに得体の知れぬ恐ろしい重圧を持って戻ってくるだけなのだということを、これまでの人生で身をもって学んだからである。第二の理由はこのまま書き進めれば、ああ悲しいかな、このうえなく明確になってしまうことだが、私の発見が不完全なものだからである。だからここでは、必要十分な説明のみに留《とど》めさせていただく。私は己の天与の肉体とはこの魂を作り上げた力が持つ霊気や光輝に過ぎぬのだということを理解したばかりか、その力を支配の座から追い落とす薬を調合することにも成功し、第二の肉体と顔とを手に入れた。第二とはいえ、この容貌《ようぼう》も私にとっては等しく天与のものだった。というのも、これは私の魂の中にある下劣な要素が滲《にじ》み出し、形に現れたものだからだ。

　この理論を実際に試してみるまでに、私は長い間ためらい続けた。下手をすれば命を落としかねないことだと分かっていたからである。人格の要塞《ようさい》そのものを統御し揺るがす強烈な力を持つ薬である以上、わずかでも量を摂《と》りすぎたり、摂取の時を誤ったりすれば、変化させようとしている非物質的なかりそめの肉体《タバナクル》などひとたまりもなく壊滅してしまうことだろう。だが、やがてこんな警戒心も、この非凡かつ圧倒的な発見への誘惑に凌駕《りょうが》されてしまった。チンキ剤のほうはずっと以前に用意してあったので、私はすぐに、それまでの実験によって仕上げの材料として判明していた特殊な塩を薬問屋から大量に買い取った。そしてあの忌まわしき夜に私は手に入れた材料を調合すると、メートルグラスの中でそれが沸き立ち湯気を出すのを見守り、沸騰が収まるのを待ってから全身の勇気を掻《か》き集め、ひと息のもとにそれを飲み干したのである。

この世のものとは思えぬ激痛が走った。骨が粉砕されるような痛み、猛烈な吐き気、そして誕生と死滅の刹那《せつな》を超越する魂の恐怖。やがてその苦悶《くもん》が急激に治まったかと思うと、私は大病が癒《い》えたかのように我を取り戻した。何やら妙な感覚があった——口に表すことのできない新しい感覚で、その新しさが、とてつもなく甘やかに感じられた。若返り、軽やかで、満ち足りたような気持ちだった。胸の中に猛々《たけだけ》しい疼《うず》きがあり、とりとめのない淫靡《いんび》な妄想が水車を回す急流のように駆け巡り、責任という箍《たが》がはずれ、新たでこそあれ無垢《むく》とはいえぬ魂の自由を感じた。この新たなる生を得て最初のひと息を吸い込んだ瞬間に、私は自分がより邪悪であり、十倍も邪悪であり、生まれ持った邪悪さに己を奴隷として売り渡したのだと悟った。刹那、その思いはまるでワインのように私を漲《みなぎ》らせ、歓喜に陶酔させた。真新しい感覚に打ち震えて両腕を伸ばす。その時私は、自分の肉体が縮んでいることにいきなり気付いたのだった。

当時、私は書斎に鏡を置いていなかった。今この手記を書いている私の隣に置かれた鏡は、ここに書き記した肉体の変容を見定めるべく、後に持ってきたものだ。ともあれ時はすでに夜明け間近に差し掛かり、まだ暗くはあったものの日の出はすぐそこへと迫っていた。使用人たちはまだ深々と眠りこけている時間だったので、私は希望と達成感に酔いしれたまま、この新しい姿で自分の寝室に行ってみようと思い立った。星座に見下ろされて裏庭を突っ切りながら、寝ずの番をする星座たちもこんな生き物など見たことないぞと目を丸くしているに違いないと思った。我が家の中でまるでよそ者のように私は足を忍ばせ廊下を進み、自分の寝室へと辿《たど》り着くと、そこで初めてエドワード・ハイドの姿を目の当たりにした。

さて、この書簡においては自分の知っていることではなく、あくまでも理論的な立場から、もっとも見込みが高いと思えることを書くべきだろう。私がまざまざと力を与えた邪悪なる本性は、それにより退《しりぞ》かせることとなった善なる本性よりも貧弱かつ未発達なものであった。これは、それまでに私が歩んできた人生の九割が、努力と潔白、そして自制の日々であり、およそ悪が活動し、疲弊する間がなかったためだ。私の考えでは、エドワード・ハイドがこんなにも小柄で痩《や》せ細り、歳も若いのは、それに起因することであろう。それでも、ジキルの表情に善が輝いていたのと同じように、ハイドの顔はくっきりと色濃く悪に染まっていたのだった。そのうえ悪の肉体には(今もなお私は、悪とは人の破滅的側面であると確信しているが) 奇形と衰弱の刻印が確かになされていた。だが鏡に映ったその醜き偶像を目にしても、私は嫌悪を覚えるどころか、歓喜に胸を躍らせたのだった。これも、私自身の姿なのだ。いかにも自然で、人間らしく思えた。それまでは自分の顔を見ても不完全で二面的であるように思っていたのだが、こちらの顔はより活《い》き活きとした魂の像であり、より一面的であるように思えた。このことについては、私は完全に正しかった。私がエドワード・ハイドのうわべを纏《まと》うと、人は誰ひとり近づこうとせず、怯《おび》えた表情をありありと浮かべてみせるのである。これは私が考えるに、我々が行き交うすべての人間は善と悪とが混在した存在であり、エドワード・ハイドだけが人間社会の中でただひとり、純然たる悪だからだろう。

私が鏡を覗《のぞ》いていたのは、ほんの束の間のことであった。第二の、そして最後の実験が残っていたからだ。自分が元の姿を取り戻せるかどうかを試し、もしそれが叶《かな》わなければ夜が明ける前に、もはや我が家ではなくなったこの家から逃げ出さなくてはいけないのだ。私は急ぎ足で戸棚に向かうともう一度薬を調合してそれを飲み干し、もう一度己が崩壊する苦痛に耐え、そしてヘンリー・ジキルの容姿と顔を持つ元の自分へと戻ったのだった。

あの夜、私は破滅の交差点に立ったのだ。もっと高潔な精神でこの発見に取り組んでいたなら、人と分かち合おうと敬虔《けいけん》な理想を抱いて実験を行っていたなら、すべてはまるで逆の結果となっていたに違いない。あの死滅と誕生の苦しみの果てに、私は悪鬼ではなく天使となって現れていたに違いない。あの薬そのものは特異な効能を持たず、悪魔的なものでも神聖なものでもなかった。あの薬は単に私の本性という牢獄の扉を揺すぶったに過ぎないのだ。そして、内に囚《とら》われていた者たちが、フィリッピの囚人のごとく外に放たれた。その瞬間、私の善は眠っていた。しかし野望を成就させるために虎視《こし》眈々《たんたん》と目を光らせていた私の悪はここぞとばかりに飛びつき、エドワード・ハイドとして出現したのである。そのようにして今や私はふたつの人格とふたつの容姿を持つようになったわけだが、一方が完全無欠の悪であるのに対し、もう一方は私が矯正も改善もすでに諦《あきら》めきっていた調和することのない複合体、要するに相変わらずのヘンリー・ジキルその人なのであった。

それでもなお、私は研究人生の味気なさに対して抱く嫌悪感を克服できないまま、折にふれ享楽にひたりたい欲望に駆られた。そうした欲望は（控え目に言っても）破廉恥なものであったわけだが、世間に名を知られて人の尊敬を受けているうえに、今や老年期に差し掛からんとしている私にとってみれば、この人生の矛盾は日増しに歓迎できぬものになっていった。私の新たな力は、そんな心の隙を突いて私を誘惑し、ついには隷従せしめたわけである。あの薬をたった一杯飲み干すだけで、高名な教授の肉体をすぐさま脱ぎ去り、エドワード・ハイドの肉体をさながら分厚い外套《がいとう》のように纏うことができてしまう。そう考えると、自然と顔がにやけた。当時の私にはそれが何か愉快なことのように思え、私はとにかく細心の注意を払って準備を整えていった。警官に突き止められたあのソーホー地区の家を手に入れて家具を揃え、家政婦をひとり雇った。余計なことを口にしない日和見主義者と、よく知っていた女である。一方では使用人たちにハイド氏たる人物のことを(容姿も含めて)話し、我が家を好きに使わせるよう申し渡した。念には念を入れてハイドの姿で家を訪れ、彼らに見慣れさせることまでしたのである。それが済むと、今度は君が頑固に反対した内容へと遺言状を書き換え、ジキル博士としての私に万が一のことが起こった場合には、一切の金銭的損失なくエドワード・ハイドとして人生を歩みだすことができるように計らった。そうしてあらゆる方面の守備を固めた私は、いよいよこの身が手に入れた、責を負うことのない奇妙な自由の恩恵にあずかりはじめたのであった。

人はかねてより悪漢を雇って彼らに罪を犯させ、己は安全なところで我が身と評判を守ってきた。私のように、純然たる歓《よろこ》びを求めて罪に手を染めた人物など、他にありはしなかったのである。公衆の面前ではしごく穏和な世間体を保ちながらこつこつと過ごし、瞬時にしてまるで幼い男子生徒のようにかりそめの衣装を脱ぎ捨て自由の海原に頭から飛び込むような真似をしてみせた者も、私をおいて他にありはしなかった。だが、何をもってしても貫き通せぬマントを纏った私の安全は、まさに鉄壁だった。考えてごらん――私は存在すらしていないのだから！　研究室の中へと逃げ込んで、常備してあるあの薬を数秒のうちに混ぜて飲み干す。するとどんなことをしでかしていようと、エドワード・ハイドは鏡を曇らす吐息のように消え去ってしまう。代わりに、冷静沈着な様子で書斎においたランプの芯《しん》を整えながら、ひとりの男が疑惑を笑い飛ばしているのだ。そう、ヘンリー・ジキルがね。

すでに書いたことだが、私が姿を変えてまで渇望した歓びは破廉恥なものだったものの、それ以上に悪く言うほどのものではなかった。しかしこれがひとたびエドワード・ハイドの手にかかると、瞬く間に外道の業と変わってしまうのだった。いつものように短い外出から帰宅した後、分身が犯した兇行《きょうこう》に茫然自失《ぼうぜんじしつ》となることも珍しくなかった。私が己の魂から呼び出し、悪しき歓びを満たすためだけに世に放ったこの使い魔は、根っから残忍で凶悪であった。行動も思考もすべてが自分勝手で、あらゆる辛苦を人に与える歓びに野獣のごとく酔いしれる、慈悲の欠片《かけら》も持たない石の男であった。そんなエドワード・ハイドの所業を見てヘンリー・ジキルはたびたび愕然《がくぜん》と立ち尽くしたが、世の理《ことわり》と掛け離れた事情の前では、知らず知らずの間に良心の戒めも緩んでゆくのだった。罪深きはハイド、ただひとりハイドのみなのだ。一方のジキルは相変わらずだった。目を覚ませば持ち前の善心はまったく健在であり、可能であれば慌ててハイドの犯した兇行の尻《しり》ぬぐいをしにいった。彼の良心は、こうして浪費させられていたわけである。

私が見て見ぬふりをしてきた醜行（未《いま》だに自分が行ったという意識はほぼ無いに等しいのである）について詳細を述べるつもりはないが、この身に処罰の気配と足音とがひたひたと歩み寄ってきていたことだけは、ここに記しておくことにしよう。さして重要なことでもないのでさわりを書くに留《とど》めるが、私はひとつの事件に出くわした。とある子供に乱暴を働いたのが、通行人の怒りを買ってしまったのだ。この人物は後に君の親類だと判明するのだが、ともあれ医師とその子供の家族までその場にやってきた時にはエドワード・ハイドもさすがに身の危険すら覚え、彼らの腹立ちを鎮めるためにあの戸口まで連れてきて、ヘンリー・ジキルの名をもって小切手を切らなくてはならなくなった。だがその後、エドワード・ハイド名義で口座を開設することにより、この手の危険からは簡単に逃れることができた。そして、筆跡を傾けてハイド用の署名を作った私は、これでもう運命の手からは逃れられたも同然だと考えたのだった。

カルー卿《きょう》殺害の二ヶ月ほど前のこと、いつものように夜の冒険に出かけて夜更けに帰宅した私は、翌朝になって何やら妙な感覚に目を覚ました。見回してみると、いつもどおりの私の寝室だった。広場に面した高い天井の室内には上等な家具が置かれ、ベッドのカーテンの模様やマホガニーの木枠の装飾も、いつもと何も変わらない。しかしそれでも何かが、自分は違う場所にいるのだと言っていた。見た目こそいつも通りでも、エドワード・ハイドの姿ですっかり眠り慣れたソーホー地区の小部屋にいるのだと。私は笑みをこぼすと、時おり心地よい朝のまどろみの中へと引き戻されながら、自分なりに心理学的なやりかたで、なぜこのような幻影を見ているのかあれこれとぼんやり考えはじめた。そんな考えに囚われながら、意識が比較的はっきりしている時に、ふと自分の手を眺めてみた。ヘンリー・ジキルの手は（君もよく言っていたことであるが）形も大きさもいかにも医者らしい。大きくがっしりとしており、白く活き活きとした魅力的な手だ。だが今私がロンドンの街を包む黄色い朝日の中で見下ろしている、シーツの上で緩く開いている手は、痩《や》せ細り、ごつごつとして筋張って青黒く、黒々とした剛毛に覆われていた。エドワード・ハイドの手だったのである。

茫然自失になったまま、きっと三十秒ほどもそうして眺めていたに違いない。とつぜん耳をつんざくシンバルの音色が鳴り響いたかのような恐怖に胸を襲われると、ベッドから飛び起きて姿見の前に駆け寄った。自分の目の前に映し出された姿に、全身の血液が極度に薄まって凍り付いたような心地になった。そう、私はヘンリー・ジキルの姿でベッドに入り、エドワード・ハイドの姿で目覚めていたのだ。いったいなぜそんなことになってしまったのだろう？　私は胸の中でそう問いかけると、即座にまた新たな恐怖に襲われた――どうしたら元に戻れるのだろう？　もうすっかり朝になり、使用人たちも起き出している。薬はすべて、書斎に保管してある――私が恐怖に打たれて立ち尽くしている部屋からは遥《はる》か彼方《かなた》で、階段をふたつ下り、裏手の廊下を通り、裏庭を突っ切り、それから解剖室を抜けなくてはいけない。無論、何かを使って顔を覆うことはできるだろうが、この縮んだ身長をごまかせぬのであれば、そんなことをしてもまったくの無意味というものだ。だが次の瞬間、私は使用人たちもこの第二の姿が出入りするのにもう慣れているのだということを思い出し、圧倒的安堵《あんど》の陶酔に襲われた。私はすぐに、できるだけうまくハイドの衣服に身を包むと家を抜け出した。ブラッドショーは妙な時間に妙なところでハイドの姿を見かけると、驚いた顔をして後ずさった。そして十分後にはもう私はいつものジキル博士の姿に戻り、沈んだ表情をして腰かけ、つまらなそうに朝食を口に運んでいたのだった。

食欲は実際、ほとんど湧かなかった。この説明のつかない事変、それまでのとはまるで逆の体験は、バビロンの王宮に現れ壁に字を書いた指のように私への審判を綴《つづ》っているように感じられ、私はそれまでよりもひたむきに、この二重生活が辿《たど》るであろう行く末について考えを馳《は》せるようになった。私が生み出すことのできる分身は近ごろでは体も鍛えられて背丈も伸び、（その姿になっている時には）以前よりも血の巡りが豊かになっているのが感じられた。私は、新たな危機感を覚えはじめていた。もしこんな状態がずっと続くようなら私の人格からは永遠に均衡が失われ、思いのままに入れ替えることができなくなり、すっかりエドワード・ハイドの人格が自分のものになってしまうのではないだろうか。薬の効果は、いつも同じように現れるわけではない。初めのころに一度だけ、まったく効果が出なかったことがあり、その後、倍の量を摂取しなくてはならなかったことが何度かあったし、一度などは死の危険を冒して三倍にも増やさなくてはいけなかったこともあるのだ。滅多にあることではないとはいえ、そうした不安定さが私に満足することを許さない、ただひとつの影となっていたのである。しかし、例の朝に起こった事故を考慮すると、当初はジキルからハイドへと変わることのほうが難しかったのに、今やそれが逆になってきているのだと言わざるをえまい。すべてのことは、ただ一点のみを指し示しているように私には思えた。自分は生来の善なる自分でいることができなくなり、徐々に第二の悪しき自分に取り込まれようとしているのだと。

両者の板挟みになりながら、私は今、どちらかの選択を迫られているように感じている。私が持つふたつの本性は確かに同じ記憶を分かち合ってはいるが、他の能力は何から何まであべこべである。（善と悪とを併せ持つ）ジキルは極度の不安を抱きながらも享楽を渇望し、ハイドのために快楽や冒険を計画し、その歓びを己も得た。しかし一方のハイドはといえばジキルに対する関心など持たず、追っ手を逃れた山賊が逃げ込む洞穴程度にしか、彼のことを見なしていないのである。ジキルが父親のように関心を寄せても、ハイドは子供なりの無関心しか抱かないのである。ジキルと運命をともにする道を選べば、長年にわたりこの胸に密《ひそ》かに抱き続け、近ごろたっぷりと満喫しているこの欲望を葬り去ることになる。ハイドと運命をともにする道を選べば、無数の利益と大志とをひと息に、そして永遠に葬り去り、軽蔑《けいべつ》され、友を失い生きてゆくことになる。いかにも釣り合わぬ選択のように思えることだろうが、もうひとつ秤《はかり》にかけるべき重要なことがある。それは、ジキルでいれば禁欲の炎に身を焼かれて苦しむことになるだろうが、ハイドになれば自分が失ったもののことなど気にも留めぬであろうということだ。私が身を置く状況がどれほど奇怪なものであろうと、この手の問題は人の歩んできた歴史と同じくらい古く、当たり前のものだ。こうした誘惑と警告は、惑わされて怯《おび》える罪人に賽《さい》を振る。あまりに多くの同胞たちに振られてきたその賽が、ついに私にも振られたのだ。そして私は善を選び取り、自分にはその善を守り続ける力が無いことを悟ったのだった。

そう、私は友人に恵まれ誠実な希望を抱いた、年寄りで満たされぬ博士として生きることを選び、ハイドの姿となって謳歌《おうか》してきた自由や、本当の私が失った若さや、軽々とした足取りや、跳躍するかのような鼓動や、密かな快楽に、すっぱりと決別したのである。そんな決断を下しながらも、おそらくは無意識のうちに保険を残そうとしたのだろう。私はソーホー地区の家も手放さず、エドワード・ハイドの服も処分せずに書斎にそのまま残しておいた。とはいえ私も二ヶ月は、真摯《しんし》に己の決断に従ったのだ。二ヶ月間にわたり以前に経験したことがないほどに厳格な日々を送り、その報いとして良心が満たされる歓《よろこ》びを味わったのである。だがやがて時とともに私の警戒心も薄らぎ、良心に準じることなどひたすら退屈なばかりになってしまった。ハイドが解放を欲してもがくのと同じように、私は苦悩と切望とに苛《さいな》まれるようになった。そして、己の善心が疲弊したその隙に乗じて私はまたあの変身薬を調合すると、それを飲み干してしまったのである。

飲んだくれというものは、己の悪習を胸の内で正当化はしても、酒が自分の肉体的感覚を著しく麻痺《まひ》させる危険のことなど五百にひとつも考えようとはしないものだ。私もまったく同じだった。自分の地位というものについては考慮していたものの、エドワード・ハイドが持つ最大の性質である完全なる道徳観の麻痺と無慈悲なまでの悪行への渇望とを、十分に考慮していなかったのだ。そのせいで、私は罰を下されてしまったのである。ずっと檻《おり》に閉じ込められていた私の悪魔は、咆吼《ほうこう》を上げて飛び出してきてしまった。薬が効いてもなお、私は以前を凌《しの》ぐほどの、抑えが利かない暴力的な悪への衝動を感じるほどになっていた。あの可哀想な犠牲者が口にしたていねいな言葉を聞いた私の魂に嵐のような憤怒《ふんぬ》を巻き起こしたのも、思うにこの衝動だったのに違いない。私は神の御前で誓ってもいい。健全な道徳を持つ者であれば、たかが少々腹が立ったくらいの理由であんな大罪を犯せるはずがない。私はただ単に、癇癪《かんしゃく》を起こした子供が玩具《おもちゃ》を壊す程度の軽い理由で殴ってしまったのだ。どんな下劣な輩《やから》であろうと誘惑の中を慎重に歩むとなれば多少は本能的に均衡を保とうとするものだが、私はその本能を自分から捨て去ってしまった。だから私にとってはたとえあんなに些細《ささい》な誘惑であろうと、すなわち負けを意味していたのだった。

私の中ですぐさま地獄の悪霊が目覚め、怒り狂った。私は狂喜に舞い上がりながら抵抗ひとつしない老人を杖《つえ》で叩《たた》きのめし、その一撃一撃が生み出す歓びに酔いしれた。そして、ようやく疲れを感じはじめるや、錯乱した発作の絶頂でとつぜんこの心臓を、凍《い》てつくような恐怖の戦慄《せんりつ》に貫かれたのである。目の前を覆っていた霧がさっと晴れた。私の行く手に死の危機が待ち受けているのを見て取ると、私はすぐに兇行《きょうこう》の現場から逃げ出した。歓喜と震えが同時に湧き起こり、悪行への欲望は満たされて漲《みなぎ》り、生への執着は何よりもいや増した。ソーホー地区の家に駆け戻った私は（盤石を期して）書類という書類をすべて焼き払った。それを片づけると、ふたつに分かたれた愉悦に浸り、己の罪に酔いしれながら、街灯に照らされた通りを歩き回った。そして、今後にどんな悪事を働こうかと気楽に企《たく》らみつつ、その一方では背後に迫り来る追跡者の足音に耳をそばだて、急ぎ足で進んでいったのである。ハイドは鼻歌交じりで薬を調合すると、死者に乾杯してからそれを飲み干した。ヘンリー・ジキルは変身の苦痛がまだ引ききらないというのに感謝と悔恨の涙にむせびながらひざまずき、組み合わせた両手を神に向けて掲げた。頭から爪先《つまさき》まで覆っていた放埓《ほうらつ》のヴェールが引き裂かれ、私の人生がすべて眼前に広がった。父に手を取られて歩いた幼い頃や、己を律して医学の道に邁進《まいしん》した日々を私は辿っていったが、どんな記憶の道を辿ろうともまるで浮世離れしたかの感覚とともに、あの夜の呪わしき恐怖の中へと私は立ち戻っているのだった。大声で泣き喚《わめ》きたいような気持ちだった。思い出したくもないのに記憶にあふれ返る恐ろしい幻影や音の大群を、私は涙と祈りで掻《か》き消してしまおうとした。だが、そんな懇願の合間にも邪《よこしま》な私の醜悪な顔は、この魂の中をじっと覗《のぞ》き込んでいるのだった。やがて胸を刺すような悔恨の念が徐々に消え入りだすと、歓喜の情が代わりに押し寄せてきた。いかに自分を統べるべきか、そんな問題はもう解決してしまったのだ。もうハイドが出現することなどあり得ない。望もうが望むまいが、私はもう己の善なる人格のみをよすがに生きてゆくのである。おお、それの何と素晴らしいことだろう！　私は自ら謙虚さを抱き、自然な人生が持つ戒めを改めて受け入れたのだ！　真心から決別するためハイドがいつも出入りしていた扉に鍵《かぎ》をかけ、地面に捨てた鍵をかかとで踏みにじってみせたのだ！

翌日、ニュースが飛び込んできた。あの殺人行為が目撃されていたこと、ハイドの犯行であるのが周知されてしまったこと、そして被害者が高い社会的地位を持つ人物であることを、私は知ったのだ。もうこの一件は単なる犯罪としてのみならず、悲劇的な蛮行として人びとに知られていた。だが、それを知れたのは私にとって幸いだった。絞首台にかけられる恐怖のせいで私の善なる衝動がより強まり、保護される結果になったからである。今やジキルは私にとって、逃れの町（訳注　ヨシュア記二〇：一～九　過失により殺人を犯した者を復讐から保護するために設けられた）であった。もしハイドがちらりとでも顔を覗かせたなら捕らえて殺してしまえと、すべての人びとが手を振り上げることだろう。

私は、今後は過去を贖《あがな》って生きてゆくのだと胸に誓った。この決意がいくばくかの善なる実を結んだことは、嘘偽りなく申し上げたい。昨年末に向けての数ヶ月間、私がいかに苦しむ人びとの救済に尽くしたかは、君もよく知っているとおりだが、あれは私にとって静穏な、幸福といってもいいほどの日々だったのである。そうして人を慈しむ清廉な日々を送っても、私は決してうんざりしたりすることなく、むしろそんな暮らしを日に日に楽しむようになっていった。だが、私にかけられた二重の目的の呪いは未《いま》だに解けずにいた。初めに感じた悔恨の矛先が磨《す》り減ってゆくと、私の下劣な一面が、長きにわたり好き放題を働きようやく鎖に繋《つな》いだばかりの私の一面が、自由を求めてうなり声をたて始めたのである。とはいえ、私がハイド復活を夢見たということではない。そんなことは、考えただけでも身の凍るほどに恐ろしいことだ。違う。私は自分の姿のままで、もう一度良心を蔑《さげす》みたいという誘惑に駆られてしまったのだ。そして、どこにでもいる隠れた罪人たちと変わることなく、ついに誘惑の攻撃に屈服してしまったのである。

何ごとにも、必ず終末が訪れる。どんなに大きな器だろうと、最後には必ず満ちる。そして私の魂の均衡は、ほんのわずか悪に屈したせいで崩壊してしまったのだった。しかし私は、何の警戒心も抱かなかった。こんな崩壊など、薬を見つけ出す前の日々へと戻る、ごく何でもないことのように感じられたのだった。それは一月の、よく晴れ渡った清々《すがすが》しいある日のことだった。足元は溶けた霜でぬかるんでいたが、頭上には雲ひとつない空が広がっていた。リージェント公園は冬の鳥たちのさえずりと、甘やかな春の香気に満ちていた。私はベンチに腰かけ陽光を楽しんでいた。内なる獣《けだもの》は記憶の欠片《かけら》を舐《な》めずっていた。魂は行く手に後悔が待ち受けることを予感しながらも、まだ身じろぎをたてようとはせず、うとうとと微睡《まどろ》んでいた。私は考えた。つまるところ、自分も隣人たちと同じではないか。自分と他人を比べてみる。積極的な私の善心と、知らぬ存ぜぬを決め込む彼らの無情な怠慢を比べてみる。思わず笑みが漏れた。そんな虚栄心に浸りきっていたその瞬間、私はとつぜん目眩《めまい》を感じたかと思うと、猛烈な吐き気とかつて味わったことがないほどの震えに襲われた。それが収まるやいなや今度は気を失い、やがて意識を取り戻すと、私は自分の胸のうちにある変化が起きているのに気づきはじめた。遥《はる》かに大胆不敵になり、危険を危険とも思わなくなり、義務感の拘束から自由になっていたのである。我が身を見下ろしてみると衣服は縮んだ四肢にだらしなく垂れかかり、膝《ひざ》に休めた手は筋張って剛毛に覆われていた。またしても、エドワード・ハイドに私は戻っていたのだ。つい今しがたまで私は人びとから尊敬を集め、富に恵まれ、愛される男だった。家に戻れば食堂にはずらりと料理が用意されているのが当然だった。それが今や、世間から追われ狩られる寄る辺なき人殺し、絞首台送りの外道になり果ててしまったのである。

正気が揺さぶられたが、私は踏みとどまった。それまでにもたびたび気付いたことだったが、私が第二の人格でいる時には能力が研ぎ澄まされ、精神はよりきびきびとしなやかになる。ジキルならば屈してしまいかねないこの重大局面を前にしても、ハイドは動じたりしなかった。薬は書斎の戸棚の中にしまわれている。どうすれば、そこに辿《たど》り着けるだろうか？　私は両手で自分のこめかみをぐいぐいと押しながら、この急場を凌ぐ妙案はないものかと必死で考えた。研究棟の扉は自分で施錠してしまった。かといって屋敷から入ろうとすれば、自分の使用人たちの手で絞首台に突き出されてしまうに違いない。これは誰かの助けが必要だと思った私は、ふとラニヨンのことを思い浮かべた。しかし、彼にどう連絡を取ればよいのだろう? どう説得しろというのだろう? 街でお縄にならずに辿り着けたとしても、彼の前にどう姿を現せばいいのだろう? どこの馬の骨とも知れぬ怪しげな男に、高名な医師を説き伏せ、同僚であるジキル博士の書斎を漁《あさ》らせることなど可能なのだろうか? その時私はふと、自分にはジキルの人格の一部が残されていることに気がついた。私には、彼の筆跡があるではないか。そう閃《ひらめ》いたとたん、私の進むべき道が端から端までまばゆく照らし出されたのである。

すぐに私はできる限り身なりを整えて辻《つじ》馬車を一台呼び止めると、たまたま名前を憶《おぼ》えていたポートランド通りのホテルへと走らせた。私の身なり(いかに悲劇の運命を衣服に包んでいようと、実に滑稽《こっけい》極まりなかったのである)を見て、馭者《ぎょしゃ》は堪《こら》えきれずに笑いだしかけた。しかし私が悪鬼のごとき怒りを浮かべてぎりりと歯を剝《む》いてみせると、彼はさっと真顔に戻った。運のいい男ではないか——いや、むしろ運がよかったのは私のほうだ。もう一瞬たりとも笑われていたならば、私はまず間違いなくあの男を馭者台から引きずり降ろしていたに決まっているのだから。

ホテルに足を踏み入れた私が今にも襲いかからんばかりの目つきで睨《にら》みつけると、

従業員たちは、互いに目配せも交わせぬほどに震え上がった。そしてへこへこと言いなりになって私を個室へと通し、手紙を書くための筆記用具をひとそろい持ってきた。命の危険に晒《さら》されたハイドは、私にとって新しい生き物だった。尋常ではない憤怒《ふんぬ》に震え、殺しの衝動をたぎらせ、人に苦痛を与えることに飢えているのである。だが、この生き物は小賢《こざか》しくもその憤怒を意志の力で必死に抑え込むと、一通はラニヨンに、そしてもう一通はプールに宛てて、二通の重要な手紙をしたため、投函《とうかん》した証《あかし》を持ち帰ることができるよう書留で送るように指示を出したのであった。

それから彼は一日じゅう、部屋の暖炉の前に腰かけ爪を嚙《か》みながら過ごした。不安を胸に、ひとりで夕食を食べた。彼の前に出ると給仕はあからさまに怯《おび》えた顔をした。やがてすっかり夜になると締め切った辻馬車の隅に彼は身を押し込め、ロンドンじゅうの通りをあちらこちらへ駆け回った。「彼」と私が言うのは、「私」と言うことが私にはできないのだ。あの地獄の子は、人間らしいものをひとつとして持ち合わせていない。あれの中には恐怖と憎悪しか生きていないのだ。しばらくして彼はどうやら馭者が訝《いぶか》しみだしたのではないかと見て取ると馬車を降り、ぶかぶかの衣服もかまわず何とも人目を引くいでたちのまま、腹を決めて夜道をゆく通行人たちの中へと紛れ込んだ。恐怖と憎悪、ふたつの卑しい激情は彼の中で大嵐のように荒れ狂っていた。彼は己の恐怖に駆り立てられて足早に道を進んだ。ぶつぶつとひとりごとを言い、午前零時と彼とを隔てる一分一分を数えながら、人がまばらな道を選んで身を隠しながら歩いていった。一度、ひとりの女がマッチか何かを売りつけようとして彼に声をかけた。彼がその顔を引っぱたくと、女は逃げ去っていった。

ラニョン宅で自分の姿を取り戻した私は、旧友が見せた恐怖に何かを感じたはずである。分からない。そんなものは、私がハイドとして過ごした時間に覚える嫌悪に比べれば、せいぜい大海のひとしずく程度にしか過ぎないものなのだ。ひとつの変化が、私に起こった。私はもう絞首台を恐れるのではなく、ハイドとなることの恐怖に苦しむようになっていた。私は半ば夢心地でラニョンの非難を浴びると、その気持ちのまま自宅へと戻ってベッドに潜り込んだ。一日の疲れに襲われた私は、ぐったりと眠りに落ちた。処刑台に吊《つる》される悪夢を見ようとも醒《さ》めることのない、張り詰めた深い眠りであった。翌朝に目を覚ましてみると体は震え、弱々しい気分だったが、それでも気持ちはすっきりとしていた。自分の中に眠る獣《けだもの》への憎悪と恐怖は相変わらずだったし、昨日味わった凄惨《せいさん》な恐怖のことも当然まざまざと胸に焼き付いていた。しかしそれでも帰宅することができたのだ。自分は我が家にいて、薬も手元にある。あの危機を逃れることができた感謝が、希望の輝きに劣らぬほどに胸の中で鮮烈に輝いていた。

朝食を終えた私は、裏庭へと散歩に出た。歓《よろこ》びを胸に冷えた空気を胸に吸い込んでいると、いきなりまたあの言葉にできぬ、変身の前触れを告げる感覚が襲いかかってきた。危機一髪で書斎へと逃げ込むと、すぐさま私はまたハイドの激情を胸に覚え、怒り狂いつつ背筋を凍らせた。姿を戻すには、いつもの二倍にもなる量の薬を飲まなくてはいけなかった。だが何ということか！　その六時間後に暖炉の炎をわびしく見つめているとふたたびあの激痛に襲われ、またしても薬を飲まざるをえなくなってしまった。単刀直入に言うならばその日を境に私は、たとえば運動をする時のような必死の努力のうえに、あの薬が効いている間でなければジキルの姿でいることができなくなっているようなのだ。私は変身を告げるあの震えがいつ襲ってくるかと、昼も夜も片時も心が安まらない。何しろ眠ったり、椅子に腰かけてうとうとしたりしようものなら、決まってハイドの姿で目が覚めてしまうのだ。絶えず破滅の運命に脅かされ続ける緊張と、人の限界も超えかねないほどの不眠を己に強いているがために、今や私は自分の姿をしてこそいても、狂熱にうかされ虚《うつ》ろに蝕《むしば》まれた怪物になり果ててしまった。身も心も力なく弱りきり、頭を満たすのはただひとつ、私の持つ別人格のことばかりになってしまったのだ。ひとたび眠りに落ちるか薬の効き目がついえるかすれば、今ではほとんど何の予兆も無しに（変身にともなう苦痛は日ごとに弱まってゆくのだ）恐怖の幻影に満ち満ちた妄想と、訳もなく胸にたぎらせた憎悪と、怒り狂う生命の力をもはや支えきれぬ肉体の持ち主たるハイドに変わってしまうのだ。どうやらジキルが衰弱するにつれて、ハイドの力は増大してゆくようだ。今やふたりはまったく同程度の憎悪を抱き、それにより分かたれている。ジキルの持つ憎悪は、その生存本能が生み出すものだ。彼は、意識という現象を自分と部分的に共有するこの怪物は完全なる奇形なのだということも、一蓮托生《いちれんたくしょう》の存在なのだということも理解しているのだ。そうした共有関係こそがもっとも酷《むご》たらしい苦難の源となっていたのだが、彼にはハイドの持つ全生命力が、どこか悪魔的であるだけでなく無機的でもあるように思えるのだ。これはまさに身の毛もよだつ話だった。まるで泣き叫ぶ地獄の泥のようであることが。形無き塵芥《じんかい》が身振り手振りで話したり罪を犯したりしていることが。死して姿を失ったものが命の働きを横取りするかのようであることが。そして猛《たけ》り狂う恐怖が妻よりも、目よりも近しく己に結びつけられ、それを閉じ込めた肉体の内からつぶやく声が聞こえ、生まれ出ようともがく蠢《うごめ》きが伝わってくることが。こちらが衰弱する隙を付け狙い、眠りに落ちたその合間に私を打倒してこの命を奪い取ろうとしていることが。かたや、ハイドがジキルに対して抱く憎悪はまるで異質なものであった。絞首台送りへの怯えは何度も何度もかりそめの自殺を行うことを、そしてそれによりひとりの人間ではなくあくまでその一部という奴隷的な立場に引っ込むことを彼に強いたわけだが、ハイドはそんなことをさせられるのも、ジキルが沈み込んでいる失意も憎悪した。さらには、自分に向けられるジキルの嫌悪の情も厭《いと》わしくてならなかったのである。それゆえに彼は猿のようないたずらを私に働くようになった。本のページに私の筆跡で神への冒瀆《ぼうとく》の言葉を書き連ねたり、手紙を焼き捨てたり、父の肖像画をずたずたに引き裂いたりしたのである。事実、もし彼が死の恐怖を抱いていなかったとしたならば、きっととうの昔に私を道連れにして滅ぼそうと目論《もくろ》み、自殺を図っていたに違いない。だがしかし、彼が持つ生への執着は目を瞠《みは》るほどのものだった。さらに言うならば、奴のことを考えただけで吐き気をもよおし寒気を覚えるこの私ですら、彼が生というものに感じる卑劣かつ激しい執着や、自殺という手段で自分を切り捨てることのできる私の権力に彼が抱く底知れぬ恐怖を思うと、この胸中に彼への憐憫《れんびん》の情が湧き起こるのだ。

さて、こうだらだら書いたところで仕方がないし、もう私にはろくに時間も残されていない。未《いま》だかつてこれほどの辛苦に苛《さいな》まれた者など誰もいはしないとだけ書いて、それでよしとしよう。こうした辛苦は決して和らいだりしない。せいぜい慣れるに従い魂がいくらか麻痺《まひ》し、絶望に甘んじることができるようになるくらいのものだ。そして、今私の頭上に最後の悲運が降りかかって生まれ持った容貌《ようぼう》と本性とを私から引き剝《は》がしてしまわなかったなら、きっと私は今後も長年にわたり罰を受け続けるはめになっていたのだろう。最初の実験からずっと補充せずにきた結晶塩の備蓄が、ついに底をつきはじめてしまったのだ。私は新たに買い足しに人をやり、薬を調合してみた。だが薬が沸騰して最初の変色が起こったというのに、二度目の変色が起こらないのだ。飲んでみても、効果が現れることはなかった。プールに訊《き》けば、私がいかにロンドンじゅうを探し回ったかが君にも分かると思うが、まったく何もかも徒労だった。今の私には分かる。最初に使ったあの塩が不純だったのであり、その正体不明の不純物が薬効をもたらしたに違いないと。

あれからおよそ一週間。今私は最後に残ったあの結晶塩で作った薬に頼り、この手記を書き終えようとしている。奇跡の起こらぬかぎり、つまりこれがヘンリー・ジキルが己の力で考え、己の顔を(何と無残に変わり果てた顔だ!)鏡の中に見る最後の時となるのだ。もたもたと長引かせるわけにはいかない。この手記にここまで何の破綻《はたん》もないとするならば、それは大いに慎重に向き合い、大いに幸運に恵まれたからなのだ。書きながらにして変身の激痛に襲われたならば、ハイドはこんなものずたずたに破り捨ててしまうに決まっている。だが書き終えたこれをそばに置いてしばし時が経てば、この書簡もおそらくは猿のような彼の所業を逃れることができるだろう。あいつは信じがたいほどに利己的で、目先の瞬間しか見えぬ男だからな。そして我々ふたりに迫る破滅の運命は、すでに歴然と彼を変え、打ち負かしてしまったのだよ。今から三十分が過ぎ、あの忌まわしき人格へとふたたび、そして永遠に変わったならば、私はきっと自分の椅子に腰かけ打ち震えながらむせび泣いているか、そうでなければ物音に怯《おび》えるあまりに極限の緊張と恐怖に忘我しながらこの部屋を（この世における最後の隠れ家を）うろうろと歩き回って、自分を脅かすものはないかと耳をそばだてていることだろう。ハイドは処刑台に吊されて終わるのだろうか？　それとも最後の最後に己を解き放つ勇気を見出《みいだ》すのだろうか？　それは、神のみがご存じだ。私にはどうでもいいことだ。今こそ私は、真の最期の時を迎える。その後のことは私ではなく、他者の問題なのである。さて、そろそろペンを擱《お》いてこの告白に封をし、かの哀れなるヘンリー・ジキルの生涯に別れを告げることにしよう。

訳者あとがき

この物語を読んだことのない方でも、「ジキルとハイド」という言葉を耳にしたことくらいはあるだろう。今のご時世ではどうだか分からないが、僕の記憶では、裏表のある人を指してこの言葉が使われることが少なからずあったように記憶している。また、多重人格者の代名詞的な意味合いでこのタイトルが引き合いに出されることもずいぶん多かったと思う。僕自身は中学生か高校生のころに一度本作を読んでいるのだが、そんな背景があったからか、それ以上深く考えずに当時は読んでいた。だが今回、この新訳をするにあたり読み返してみたところ、その浅はかな感想とは掛け離れた面白さを感じたので、僭越《せんえつ》ながら、このあとがきでその辺りのことをすこし書かせていただこうと思う（あとがきの前にまずは本編をお読みくださるよう、強くお薦めしつつ）。

さて、『ジキル博士とハイド氏』は一八八六年に刊行されているのだが、同年代に発表され、なおかつ本作と同様に当時のロンドン人たちが送っていた生活が密に描かれた作品といえば、本作と同じくゴシック小説の金字塔である『吸血鬼ドラキュラ』(一八九七年)の名前を挙げないわけにはいかない。当時のイギリスはまさに「世界の工場」として経済的にも軍事的にも世界の王者と呼ぶに相応《ふさわ》しい最盛期にあったわけだが、この両作品の主人公となるのはどちらもロンドンの富裕層に分類される人びとである。

非常に面白く感じたのは、両作品におけるロンドンという街に対するアプローチの違いだ。『吸血鬼ドラキュラ』では当時の人びとが持っていた階級意識が反映され、たとえば動物園の飼育係や錠前屋といったブルーカラーの人びとは、用事がない限りまず交わることのない、異なる階級の人びととして描かれている。おそらく、当時のロンドンの富裕層たちは、作中に描かれる華やかなロンドンの姿をごく日常的なものとして「ああ、そうだよね」と捉《とら》えていたのではないだろうか。そういう意味では、非常にシンプルに二極化されたロンドンが、『吸血鬼ドラキュラ』には描写されている。

だが一方こちらの『ジキル博士とハイド氏』に登場するロンドンは、それとは異質である。まるで街そのものが巨大で恐ろしい、人の手に負えない怪物であるかのように描かれているのだ。街は主人公であるアタスンたちの視界を遮り、不気味な唸《うな》り声を立て、あたかも「お前らの謳歌《おうか》している日常など現実のほんの一角にしか過ぎんのだぞ」と、街そのものがロンドンの二極性を否定し、主人公たちを脅かしているかのようである。本書は三人称小説ではあるもののアタスンの視点から書かれている。つまりこの混沌《こんとん》とした恐ろしいロンドンの情景は、一般的な犯罪や善悪といったものを熟知している弁護士であるはずの彼にも摑《つか》みきれない巨大な混沌や、得体の知れない息吹《いぶき》がそこにあることの暗示とも読めるのだ。そこには、人智を超越した「善悪とは何か」という問いかけがあるように感じられてならない。

その、法のエキスパートにすら不安を抱かせる不気味な闇の中へと入り込んでいく醜悪な人物としてハイド氏が登場するわけだが、どうも本作を読む限り、それほどの悪人とは言いがたい。彼が起こした事件で明るみに出るのは、冒頭で語られる少女との衝突の一件と、カルー卿《きょう》の殺人事件のみ。無論、殺人一件でも極悪人であることに変わりはないのだが、得体の知れない化け物じみた人物が起こす凶悪な所業というには、この二件だけではいささか物足りない感はいなめない。連続殺人や暴行事件が起こっていたならばそれが書かれていないはずがないので、他には街を震撼させるような事件は犯していないのだろう。ハイド自身の語りを読んでも、心根からの悪漢というよりは、むしろ善悪の分別をよく理解し、あえてそれを犯している自由な人物という印象のほうが強く残る。「では、いったい彼の何がそれほど人びとを怯《おび》えさせたのだろう？」と考えながら読んでみると、どうも十七ページ『ハイド氏捜索』の中にヒントが隠されているような気がしてくる。

まず、この章では「ベッドの脇には力を与えられた人影が立っており、そんな夜更けだというのに、友人はベッドを出てその人物の命令に従わなくてはいけないのである」というアタスンの妄想が描かれているが、これは、力ずくで性的行為を強要されるヘンリー・ジキルを案じている描写だろう。同章の終わりでも「あの怪人が盗人のようにハリーのベッドに忍び寄ることを思うと、寒気すら感じるほどだ。可哀想なハリー、どんな気分で君は目覚めるのだ！」と胸中で語り、アタスンは自分の友人が男色の性行為を強要されたのではないかと、相当の懸念を抱いているのが分かる。この時点で彼は、友人のことを一方的な被害者として妄想しているが、恐らくは、「もしかしたらジキルはその行為を楽しんでいたのではないか」との不安も抱いているようだ。

アタスンはすっかり様子の変わってしまった友人ジキルの身を案じながら、「過去に犯した罪の亡霊というべきか、はたまた隠された不埒《ふらち》の生み出した癌というべきか」と言っているが、これは、同性愛および性的行為による梅毒への感染を心配している言葉ではないだろうか。後にアタスンは『手紙の怪』において、ハイドがジキルを恩人視していたことを発見すると、「ふたりの親密な関係が、彼が懸念していたようなふしだらなものではなかった」のだと、友人が同性愛者であったことへの疑いを晴らし、安堵《あんど》している。

では実際はどうだったのだろう？ それは作中にはもちろん明記されていないが、ジキル本人は手記の中で「私が姿を変えてまで渇望した歓びは破廉恥なものだった」と書き、さらにその歓びとは「自由や、本当の私が失った若さや、(中略)密かな快楽」であったことを綴《つづ》っている。さらにハイドとして使うためにソーホー地区に借りた隠れ家には余計なことを口にしない日和見主義者の老婆を家政婦として雇っているわけだが、この老婆は、アタスンたちが訪れるといやらしい好奇の笑みを顔に浮かべ、「あの方が何をされたので？」と首を突っ込んでくる。恐らくは、その隠れ家で何が行われていたのかを知っているのではないかと思えるのだ。登場人物のほとんどが男なのは、彼らにとって大事な人物であるジキルの名誉を男同士の秘密として守ろうとしているかのような、そんなふうにも見えてくる。

イギリスにおいて男色は一五三三年から、悪名高きソドミー法によって裁かれる重大犯罪とされていたわけだが（ソドミーとは自然に反する性行動であり、通例では男女を問わない口内性交と肛門《こうもん》性交、そして獣姦を指すとされる)、本書の執筆された一八八五年には社会純潔運動と呼ばれる社会運動の流れを受けてラボーチャー修正条項が成立し、男性同士のあらゆる性的行為が法的に禁じられている。これは、当時特に上層階級の男性たちの間で流行《はや》っていた少年買春を売春宿も含めて根こそぎ取り締まるためのものであった。この潮流は長く続き、ようやくイングランドとウェールズにおいて「他に人がいない状態での成人男性間の性交渉については合法」とされたのは一九六七年のことであった。裏を返せばラボーチャー修正条項が成立するまでの長期間、上層階級においては、周囲に人がいる状態であろうと非合法的に男性同士のさまざまな性的行為が行われており、それを斡旋《あっせん》する売春宿も存在したということである。

ちなみに本書刊行から三年後の一八八九年には、ロンドンのクリーヴランド通りにおいて同性愛の男性を顧客とする売春宿が警察の摘発を受ける、いわゆるクリーヴランド・ストリート・スキャンダルが起こり、さらにその六年後には雑誌『婦人世界』の編集者として、そして作家として社交界の人気者となっていたオスカー・ワイルドが男色により収監されている。個人的には、そうした上層階級の闇こそが本書に描かれるロンドンという不気味な怪物の正体の一角を占めているのではないかと思えてならない。主人公のひとりとして登場する弁護士のアタスンは、遺言状の取扱人としてジキルの謎に巻き込まれていくだけでなく、友人の不貞行為を前にして法と友情の板挟みとなって翻弄《ほんろう》されていくわけだが、読者である当時の一般大衆にとってはその点こそが本書の強烈な面白みのひとつになったのではないだろうか。本書冒頭にも、アタスンとエンフィールドの関係が多くの人々の関心の的であったという記述があるが、そのように「もしやあのふたりは男色の恋人同士なのでは……?」と勘ぐるような視点が、本書に描かれた闇へと読者を惹《ひ》き付けたと見るのが自然であるように思われる。

では、著者のスティーヴンソン自身はどうだったのだろう? スコットランド生まれの作家、文学者、民俗学者であるアンドルー・ラングは「スティーヴンソンの奇抜な言動と風貌は男たちを虜にした。彼は私が会った男たちの中でも、男たちを恋に落とす力を飛び抜けて持っている人物であった」と書いている。二〇〇五年にスティーヴンソンの伝記『Robert Louis Stevenson』(ハーパーコリンズ)を執筆したクレア・ハーマンは「スティーヴンソンは、特に女性とともに過ごすことを好んだ」ものの「自らが同性に対して持つ性的魅力に彼が気付いていなかったとは考えにくく、むしろそれを楽しんでいた節がある」と解説している。彼自身はいわゆるストレートだったものの、そうした秘密の男世界については熟知していたのだろう。無論、ふたつの人格を持つ不気味な人物が巻き起こす恐ろしい事件を描いた怪奇小説として読んでも本書が十分に面白いのは間違いないが、そうしたことも踏まえてページをめくってみると、本書の持つ面白みがいっそう深まるのではないかと思っている。

最後になったが、本書の翻訳にあたり大変お世話になったKADOKAWAの菅原哲也さん、宮下菜穂子さんに特段の感謝を伝えたい。ありがとうございました！

田内志文

本書は訳し下ろしです。

新訳《しんやく》　ジキル博士《はかせ》とハイド氏《し》

スティーヴンソン　田内志文《たうちしもん》＝訳

平成29年 4月25日　初版発行
令和6年 9月30日　17版発行

発行者●山下直久

発行●株式会社KADOKAWA
〒102-8177　東京都千代田区富士見2-13-3
電話　0570-002-301（ナビダイヤル）

角川文庫 20217

印刷所●株式会社暁印刷
製本所●本間製本株式会社

表紙画●和田三造

●お問い合わせ
https://www.kadokawa.co.jp/（「お問い合わせ」へお進みください）
※内容によっては、お答えできない場合があります。
※サポートは日本国内のみとさせていただきます。
※Japanese text only

ISBN 978-4-04-102325-9　C0197

◇◇◇

角川文庫発刊に際して

角　川　源　義

第二次世界大戦の敗北は、軍事力の敗北であった以上に、私たちの若い文化力の敗退であった。私たちの文化が戦争に対して如何に無力であり、単なるあだ花に過ぎなかったかを、私たちは身を以て体験し痛感した。西洋近代文化の摂取にとって、明治以後八十年の歳月は決して短かすぎたとは言えない。にもかかわらず、近代文化の伝統を確立し、自由な批判と柔軟な良識に富む文化層として自らを形成することに私たちは失敗して来た。そしてこれは、各層への文化の普及滲透を任務とする出版人の責任でもあった。

一九四五年以来、私たちは再び振出しに戻り、第一歩から踏み出すことを余儀なくされた。これは大きな不幸ではあるが、反面、これまでの混沌・未熟・歪曲の中にあった我が国の文化に秩序と確たる基礎を齎らすためには絶好の機会でもある。角川書店は、このような祖国の文化的危機にあたり、微力をも顧みず再建の礎石たるべき抱負と決意とをもって出発したが、ここに創立以来の念願を果すべく角川文庫を発刊する。これまで刊行されたあらゆる全集叢書文庫類の長所と短所とを検討し、古今東西の不朽の典籍を、良心的編集のもとに、廉価に、そして書架にふさわしい美本として、多くのひとびとに提供しようとする。しかし私たちは徒らに百科全書的な知識のジレッタントを作ることを目的とせず、あくまで祖国の文化に秩序と再建への道を示し、この文庫を角川書店の栄ある事業として、今後永久に継続発展せしめ、学芸と教養との殿堂として大成せんことを期したい。多くの読書子の愛情ある忠言と支持とによって、この希望と抱負とを完遂せしめられんことを願う。

一九四九年五月三日